MONIKA HELFER
INGRID PUGANIGG

Zwei Frauen warten auf eine Gelegenheit

Roman

DEUTICKE

1 2 3 4 5   18 17 16 15 14

ISBN 978-3-552-06240-5
Alle Rechte vorbehalten
© Deuticke im Paul Zsolnay Verlag Wien 2014
Satz: Eva Kaltenbrunner-Dorfinger, Wien
Druck und Bindung: CPI – Ebner & Spiegel, Ulm
Printed in Germany

Für unsere Kinder

*Die Kunst der Frauen, auf Fragen
keine direkten Antworten zu geben,
habe ich nie verstanden.*

(Spock)

1 I, Hannover, Ernst-August-Platz. – Ich ging vom Over Cliff Drive in Southbourne hinunter zum Strand. In der Ferne sah ich einen Mann mit einem Kampfhund. Etwas stimmte nicht mit den beiden. Entweder war der Mann betrunken oder der Hund gehorchte einfach nicht mehr.

Ich eilte zum Fisherman's Walk. Dort gibt es direkt am Cliff einen Aufzug. Ich stieg ein und fuhr hinauf zum Café Riva.

Dort trank ich einen Espresso und dachte an die junge Frau, die sich ein paar Meter von hier mit Nikotin umgebracht hat. Im Krankenhaus, in das man sie brachte, nachdem Leute sie gefunden hatten, war sie noch einmal kurz bei Bewusstsein, riss die Sauerstoffmaske vom Gesicht und flehte um ihr Leben.

Über sie, die Freundin meiner Tochter, habe ich angefangen, einen Roman zu schreiben.

Fünfzigmal. Hundertmal.

Irgendwann fängt man an, über etwas zu schreiben. Schreibt jeden Tag. Macht den Text aber nie fertig, weil das, worüber man schreibt, nie enden soll.

Meine Tochter Ruth lebt seit über zwanzig Jahren in Dorset, Südengland.

Einmal stiegen wir auf den Hengistbury Head. Eine hügelige Landspitze bei Bournemouth.

Obwohl Anfang November, war es weder neblig noch kalt. Aber menschenleer. Gegen Abend, es dämmerte schon, kamen wir an ein kleines Moor. Umgeben von Gestrüpp. Darauf lagen ausgebreitet Jeans, Hemd, ein Schuh, ein Rucksack.

Wir dachten, jemand sei ermordet worden oder im Moor untergegangen.

Das hat sich nie aufgelöst.

2 M, Wien, Am Graben. – Ich war noch nie in Südengland. Offensichtlich liegen da die Romananfänge nur so herum. Wie hat sich das Mädchen mit Nikotin vergiftet? Hat sie Wurzeln der Tabakpflanze oder irgendwelcher Nachtschattengewächse ausgekocht, oder hat sie sich zum Suizid geraucht – geht das überhaupt?

Bei einem Gutenachtkuss fiel mir aus der Blusentasche eine Zigarette in die Wiege meines Babys. Es hatte, als ich vor dem Zubettgehen noch einmal hineinschaute, Tabak um die Mundwinkel, und ich, in meiner Panik, fuhr, wie ich war, ins Krankenhaus. Ich schwor mir, nie mehr eine Zigarette anzurühren. Das Baby wurde untersucht und war gesund. Mit seinen Patschhändchen versuchte es, sich aufzurichten. Es war so süß, ihm dabei zuzusehen. Erst jetzt wurde mir bewusst, dass ich in einem Herrenpyjama, zwei Nummern zu groß für mich, dastand. Kaum im Auto, das Baby in der Wiege auf dem Rücksitz, steckte ich mir eine Zigarette an. Ich war so erleichtert!

Jeans, Hemd, Schuh, Rucksack warten im Moor auf Dich, damit Du endlich mit Deiner Geschichte beginnen kannst. Ein einzelner Schuh? Pack die Dinge in Deinen ersten Satz. Warte dann, bis sich der Einsager hinter Dir aufgebaut hat, dann musst Du nur mehr schreiben, was er Dir flüstert.

3 I, Hannover, Ernst-August-Platz. – Wir müssen aufbrechen. Immer musst Du aufbrechen, immer muss ich mir die Haare glattstreichen. Du bringst meine Wohnung durcheinander. Lüftest und lüftest. Mitten im Winter reißt Du die Balkontür auf. Ich friere!

Aber das kümmert Dich nicht. Solange Du es warm hast. Los! Mach jetzt. Zieh Deinen albernen Mantel an.

4 M, Wien, Am Graben. – Sag ich ja die ganze Zeit, dass wir aufbrechen müssen. Du hast immer noch keine Strümpfe an. Wieso rasierst Du Dir jetzt die Beine? Das kannst Du machen, wenn Du weißt, dass wichtige Menschen darauf schauen wollen, aber bitte nicht heute. Wir haben gerade noch eine halbe Stunde. Da, zieh meine Strumpfhose an, sie ist frisch gewaschen. Weinrot passt gut zu Dir. Und die grünen Schuhe, warum nicht, Du willst doch eine Clownfrau sein. Findest Du meinen Mantel wirklich albern? Weißt Du, wie lange ich an ihm herumgenäht habe, damit er nach mir aussieht? Ich will keine Sachen haben wie die andern. So viele Materialien habe ich drauf genäht, Pelzteilchen von Katzen und Füchsen, und jetzt willst Du ihn mir miesmachen. Sei nicht gemein. Dein Mantel sieht dagegen aus wie ein Mantel, den man im Kaufhaus kauft. Was ist besser? Hast Du Geld? Hast Du überhaupt kein Geld? Ich habe einen Hunderter, der wird uns reichen, und Du musst ihn mir zurückgeben, wenn ich nichts mehr habe. Musst dann halt Deinen Arsch bewegen. Komm jetzt. Wir können im Zug frühstücken.

5 I, Hannover, Ernst-August-Platz. – Herausgeputzt bist Du! Mit aufgenähten Pelzchen und Federchen willst Du mit mir in den Zug steigen oder mich um die Häuser jagen. Pass auf, dass uns nicht die Kammerjäger holen. Rote Strumpfhose hin oder her! Mürrische, alte Weiber werden ausgespäht. Du mit Deinen Pelzchen und Federchen! Dass ich nicht lache.

6 M, Wien, Am Graben. – Solltest Du mein Prachtstück einmal anziehen wollen, weißt Du, was ich zu Dir sagen werde! Dass Dir mein Prachtstück zu eng ist, dass Du es um den Bauch herum nicht zuknöpfen kannst! Außerdem hast Du jetzt so herumgetrödelt, wir werden den Zug versäumen. Und jetzt noch mit der U-Bahn, wir haben keine Zeit, Karten zu kaufen, und weißt Du, was passiert, die komplette Scheiße nämlich, dass wir kontrolliert werden von so einem Mormonen, wir haben keine Fahrkarten, immer habe ich Fahrkarten, nur wegen Dir habe ich jetzt keine! Nehme ich also meinen Hunderter und zahl unsere Strafen, und weißt Du, was wir machen werden: Kleben uns die hübsche Reise an die Stirn, damit sie jeder sehen kann. Im Bahnhof dann kannst Du zur Strafe zu einem Tischchen gehen und einen Mann fragen, ob er Dich von seiner Wurst abbeißen lässt. Du bringst mir dann auch ein Stück. Mit Senf. Mit Kren. Verstanden! So eine verdammte Scheiße habe ich ja überhaupt noch nie erlebt, kaum bin ich in Deinen Fängen, schon geht alles schief. Du musst Dir über Nacht etwas ausdenken, wir schlafen im Sitzen, und dann zähle ich bis drei!

7 I, Hannover, Ernst-August-Platz. – Ich trödle nicht. Ich sitze. Am liebsten im Gerümpel. Keine Möbel. Nur Schachteln und Kisten. Ein Sessel, ein Bett, ein Tisch. Bloß kein Sofa. Kein Pelz, keine Federn, kein Rosshaar.

Einfach alles glatt. Dass ich Dein Prachtstück mit all dem Gebimmel dran tragen soll, absurd!

Wohin fahren wir eigentlich? Und ich soll fremde Leute um Wurst anbetteln. Ich esse keine. Das weißt Du doch. Seitdem ich vor Jahren an einer Wurstvergiftung fast gestorben wäre.

Ich bin nicht die Schnellste, na und?

Dein Hunderter zum Beispiel reicht nie im Leben. Anstatt Dich aufzuregen, hol lieber einen Löffel und klopf die Wände hier ab. Irgendwann in den letzten Jahren habe ich da Löcher hineingebohrt, Fünfziger und Hunderter hineingesteckt und danach das Ganze wieder zugekleistert. Zehntausend Euro mindestens liegen dort. Da staunst Du! Fragst Dich, woher ich so viel Geld habe. Durch Sitzen. Einfach nur durch Sitzen. Ich habe lange, schwarze Pullover gestrickt, die bekam man damals nicht zu kaufen, und die Ware dann bei eBay angeboten.

8 M, Wien, Am Graben. – Ich glaube Dir kein Wort. Das mit dem Geld sagst Du nur, um mich zu besänftigen. Ich wollte, dass wir wegfahren, um uns von uns abzulenken. Verstehst Du, was ich damit meine? Du willst mich einfach nicht verstehen! Was hast Du zu sagen?

Ich habe Hunger. Wo gibt es etwas zu essen? Wohin gehst Du? Zum Armenmarkt? Aber wir haben ja beide keine Kennkarte! Ohne Kennkarte rücken die nichts heraus, und für die Kennkarte musst Du zum Amt, Deine Lebenssituation wird überprüft, es muss festgestellt werden, dass Du nichts hast. Ich hatte bis gestern noch etwas. Geh jetzt! Komm nicht ohne Brot zurück! Kannst Du mir einen einzigen selbstgestrickten Pullover als Beweis für Deine Tätigkeit zeigen? Ich hätte so Lust auf Bananen, mindestens zwei. Ich weiß, Du bekommst Verstopfung auf Bananen, dann nimm für Dich Kiwis mit, Kiwis bewirken das Gegenteil.

9 I, Hannover, Ernst-August-Platz. – Stundenlang lässt Du Dich nicht blicken. Dann tauchst Du wieder hier auf. Redest Zeug. Bananen willst Du. Weil Du davon keine Verstopfung bekommst. Ich wusste nicht einmal, dass Du unter Verstopfung leidest.

Mir kommt jetzt irgendwie vor, Du siehst fahl aus. Bist Du krank? Aber warum solltest Du plötzlich krank sein. Wo Du Dir doch gerade erst vor ein paar Wochen das Gebiss hast sanieren lassen. Das tut kein Mensch, der weiß, dass er krank wird. Außerdem, Du machst hier ein Trara, sagst, Du hast kein Geld für Essen. Ja, dann frage ich mich aber schon, woher kommt der teure Lippenstift in Deiner Tasche? Eins, zwei, drei, um es mit Deinem Lieblingsspruch zu sagen, ist er Dir zugeflogen? Mir lässt Du immer nur die halbleeren Hülsen zum Herauskratzen.

10 M, Wien, Am Graben. – Mach Dir keine Gedanken über meinen Stuhlgang. Er macht mir jeden Tag Freude. Du hörst mir nie zu. Sonst wüsstest Du, dass ich nach meinem Fahrradunfall neue Zähne bezahlt bekommen habe. Nämlich vom Unfallverursacher, einem betrunkenen Zahnarzt. So gesehen, hat mir der Unfall genützt. Neues Fahrrad, das mir allerdings eine Woche später gestohlen worden ist, neues Gebiss. Macht mich jünger, finde ich. Zieh für Deine Person ebenfalls einen Unfall in Betracht. Lippenstifte rutschen manchmal in meine Tasche. Ich mag es nicht, wenn ich meinen Lippenstift teilen muss. Hygiene nenne ich das. Ich benutze auch nie Deine Zahnbürste.

Wenn Du unbedingt willst, dass ich Dir glauben soll: Kratzen wir also die Tapete herunter. Kannst mir dann Dein Erspartes vorführen. Reichtum dann verlangt Ausgaben. Ausgaben dann können Deiner Ehre dienen. Meine Verarmung hat sich nicht freiwillig ergeben. Ich lasse es auf mich zukommen. Was eigentlich hältst Du vom Himmelreich?

11 I, Hannover, Ernst-August-Platz. – Wir reden aneinander vorbei. Ich höre Dir nicht zu. Ich höre nie wem richtig zu. Gut, ich habe vergessen, wie Du zu Deinem Gebiss gekommen bist. Wenn das überhaupt so gewesen ist. Ein besoffener Zahnarzt, der seinen Unfall vertuscht, indem er Dir eine Maßarbeit verpasst. Schon arg.

Warum willst Du eigentlich jünger aussehen? Um mich hier allein zurückzulassen! Vielleicht gar wegen eines Typen, der Dir Kisten voller Bananen mit nach Hause schleppt.

Ich muss Dir etwas beichten. Es sind nur 700 Euro.

12 M, Wien, Am Graben. – Dachte ich es mir doch! 700 Euro! Das lockt mich nicht aus den Federn, mit dem können wir keinen Laden aufmachen. Ich hatte nämlich eine wunderbare Idee, einen Salon zu eröffnen für Frauen ab fünfzig. Beratung, alles überhaupt, Sorgenbeseitigung, Schminktechnik, Stilberatung, und wir zwei rascheln wie geschäftige Hühner um die Kundschaft herum, nebenbei machen wir ein Vermögen. Wieder nichts. Ich halte mich ans Himmelreich. Nur wenn ich mich am Firmament festkralle, finde ich eine Erfüllung in meinem Leben. Ob das nun durch einen Mann oder eine Frau geschieht, ist nicht wichtig. Du gehst mit Spitzfindigkeiten am Leben vorbei. Unterschätze das Aussehen nicht. Gutes Aussehen macht Feldwege zu Avenues. Ich habe Sehnsucht nach meinen Enkelkindern. Katzen wären auch eine Option. Oder Maschinenbau. Streng Dich an und steh mir bei!

13 I, Hannover, Ernst-August-Platz. – Dauernd willst Du ein Vermögen machen. Provozierst Unfälle, die andere in Gewissensnot bringen und das mit Geld aufwiegen. Sagst mir, wie gestern zum Beispiel, dass wir aneinander vorbeireden. Aber ich begreife Dich nur so.

Du kennst mich doch. Trotzdem möchte ich Dir eine Geschichte erzählen.

Ich habe einen uralten Onkel, der geht jeden Tag zur selben Zeit denselben Weg. Unterwegs setzt er sich auf eine Bank. Aus der anderen Richtung kommt, ebenfalls zur selben Zeit, ein anderer uralter Mann, setzt sich dazu. Manchmal sitzen sie da, bis die Sonne untergeht. Miteinander sprechen sehe ich sie nie. Frage ich meinen Onkel, was habt ihr geredet, entgegnet er, alles.

Ich habe mir immer eine Freundin gewünscht, die schweigt und mit mir Karten spielt.

14 M, Wien, Am Graben. – Da liegst Du bei mir vollkommen falsch. Ich will nicht alt sein, ich will nicht schweigen, und das Kartenspiel hasse ich, wie überhaupt jede Art von Spiel, außer dem Flirt. Den liebe ich. Von einem Vermögen im Übrigen kann keine Rede sein. Ich war einmal ziemlich gestopft, das ist Jahre her. An die Armut will ich mich nicht gewöhnen.

Ich habe (so ein Zufall, es wird doch nicht Dein Onkel sein) auf einer Bank einen Herrn getroffen, recht elegant, älter als ich, schöne Hände, Kaschmirmantel (da kenne ich mich aus). Ich setzte mich neben ihn. Einfach so. Intuition. Fühlte mich nicht hässlich, frisch gewaschene Haare, meine letzten edlen Parfümtropfen auf den Handgelenken, mein brombeerfarbenes Wollkleid – Stilbruch allerdings: Anorak, den ich gleich ausgezogen habe, so als gehöre er gar nicht zu mir, und Turnschuhe. Er sah auf meine Schuhe – Heinrich, sein Name – »Heinrich, der Wagen bricht, nein, Herr, der Wagen ist es nicht, es ist das Band von meinem Herzen, das da liegt in tausend Schmerzen ...« Wir kamen ins Gespräch, ich erzählte ihm von meiner besten Freundin, er hat uns beide zu sich eingeladen, er wohnt am Graben, nicht im Graben – schließe daraus, dass er gutsituiert sein muss – versteh mich nicht falsch, ich bekam eine Gänsehaut, als ich seine feinen Hände sah, wahrscheinlich will er uns beide sehen und sich dann für eine entscheiden – oder er will uns beide. (Leider habe ich nicht Deine grünen Augen!) Ich flehe Dich an, stell Dich nicht komisch an, verdirb uns nicht alles, und wenn Du nicht willst, spiel ich mein Spiel mit ihm allein – kannst dann in unser Geschäft kommen, das da heißen wird: Salon für Menschen über fünfzig – Sorgenentfernung garantiert – kriegst dann eine Gratisbehandlung. Aber überleg es Dir. Unterstell mir nicht Berechnung, ich bin ein einsamer Mensch, der gestreichelt werden muss, vergleichbar mit einer weichen Blätterpflanze, die jeden Tag ihre abgekochten Tropfen braucht. Vertrau mir einfach. Sei lieb, einfach nur lieb, und nicht immer so verdammt sperrig und kratzbürstig und mistig und so, dass man Dir aus dem Weg gehen will, lehn Dich an, schmeichle wie die Katze um Menschenfüße, reiß Deine Augen auf, glaub mir, ich kenne das Leben ...

15 I, Hannover, Ernst-August-Platz. – Du bist gut. Kennst das Leben? Ich soll grüne Augen haben? Hast Du mich je richtig angeschaut?

Nein. Sonst wüsstest Du, dass sie braun sind. Gelbe Haare, braune Augen!

Es war mir klar, dass Du Dich an meinen Onkel heranmachen wirst. Aber der ist gar nicht mein Onkel. Mein Onkel trägt Leder. Betrügt die Weiber nach Strich und Faden. Und ist bis heute ein gefragter Musiker. In meiner Kindheit hat er mir beim Geißenhüten das Violinspielen beigebracht. Das war immer sehr lustig. Sobald die Geißen uns sahen, kamen sie heran und versuchten unsere Notenblätter zu fressen.

Meine Liebe, mach nicht denselben Fehler wie vor zwei Jahren. Da bist Du auch mit so einem Kaschmirjünger losgezogen.

Ich musste mir dann Geld leihen, um Dir den Rückflug aus Stockholm zu bezahlen.

16 M, Wien, Am Graben. – Was wohl ist Dir Böses geschehen, dass Du so grob zu mir bist? Und frauenfeindlich, Du sagst: »Weiber« – abfällig, wie ein Schimpfwort. Das sind doch unseresgleichen, ganz egal, was sie tun, ob sie auf den Strich gehen oder Nobelpreisträgerinnen sind. Und was Du als Fehler bezeichnest – »den Fehler vor zwei Jahren« –, das war kein Fehler, das war Kismet. Lass es Dir erklären: Ich war auf der Lesung des berühmten Schriftstellers (Du weißt, wen ich meine), war sogar ein bisschen enttäuscht von seinem Auftritt. Dann wollte ich ihm eine Frage stellen, von Kollegin zu Kollege, ich war die Letzte in der Autogrammschlage. Er sah auf mich nieder (er ist ja um etliches größer als ich – Du würdest sagen, was keine Kunst ist), er kritzelte in sein Buch und überreichte es mir. Da stand: Wir sehen uns in Stockholm.

Und seine Telefonnummer. Wie das dann so ist, man ist einsam, und es ist kalt, der Zucker klebt auf der Zunge, und das Fleisch ist noch blutig. Ich nahm den Zug, in Stockholm dann rief ich seine Nummer an – ich hatte ja kein Hotel und wenig Geld. Er, am Apparat, schien erstaunt, verabredete sich aber mit mir in einer Bar. Ich duschte mich in der Bahnhofsmission, aß dort eine Brühe, schminkte mich mit Sorgfalt und zog mein bestes Stück an. Den Koffer ließ ich in der Mission, sie erlaubten es mir, Menschenfreundinnen dort, so liebe, mit ihren gestärkten weißen Hauben und den sauberen Schürzen. Er stand an der Bar, für meinen Geschmack zu lässig, wie in einem B-Streifen. Wir tranken Whisky, und nicht wenig, und dann klopfte ihm ein junger Mann auf die Schulter, eine Art Priester. Der Schriftsteller drehte sich nach ihm um, und sie gaben sich einen ausführlichen Zungenkuss. Ja und dann habe ich Dich angerufen und gefragt, ob Du mir den Flug zahlst. (Alle Flüge der Welt würde ich Dir zahlen, hätte ich das Geld dafür.) Gelbe Haare, schwarze Haare, alles Talmi, weiß darunter, gelbe, schwarze Lüge. Lass mich Deine Augen manchmal grün sehen, manchmal gelb wie bei einem Wüstentier und wieder braun, das tut Dir nicht weh, und ich finde es aufregend.

Was sollen wir mit dem Herrn tun, der am Gaben wohnt (nicht im Graben)? Soll ich ihm ein Gedicht schreiben, etwa in der Art:

> *Sie baten mich zu kommen,*
> *mit meiner Freundin,*
> *die nicht wirklich*
> *grüne Augen hat.*

17 I, Hannover, Ernst-August-Platz. – Alte Herren stehen auf Krankenschwestern. Oder glaubst Du, wenn einer nicht abhusten kann, will er einen Vers? Oder vielleicht doch ein Gedicht, das ihm ein Fieberengel vorliest? Meine Liebe, zieh Deinen brombeerfarbenen Rock an und schlag die Beine übereinander. Dann wird schon etwas daraus.

Ich habe eingekauft. Obst, Gemüse. Bananen gab es keine. Avocados und Rosinen. Eine Flasche Beaujolais.

Käse, Brot, Milch, Eier. Knoblauch.

Während Du Dich schminkst und Dein bestes Stück anziehst, esse ich ein Schmalzbrot. Dann gehen wir aus. So hell ist es heute nicht.

18 M, Wien, Am Graben. – Wärst Du ein Eiszapfen, würde ich Dich ans Feuer locken, hätte eine Schale in der Hand. Was tu ich mit dem abgestandenen Wasser? Wie hältst Du es mit der Musik, ein Mensch ohne Musik ist wie ein Hase ohne Flaum.

Übrigens: Ich war am Graben bei Heinrich. Kann Dir nur sagen, dass er Klasse hat. Erzähle Dir aber aus Protest nichts mehr, weil es Dich sowieso nicht zu interessieren scheint. Denk nicht, dass ich vor Dir auf die Knie falle, alter Teufel!

19 I, Hannover, Ernst-August-Platz. – Ich war am Graben. Es interessiert mich schon, was das für einer ist, auf den Du abfährst. Heinrich war nicht da. Was für ein Glück! Du hast wohl an seinem Haus die Webcams nicht gesehen. Der hat noch kein Wort mit Dir gewechselt und kennt Dich innen und außen. Über Dein Getue amüsiert er sich. Er weiß genau, welche körperlichen Defizite Du kaschierst. Ich bin überzeugt, er hat schon längst einen Scan von Dir. Mit Geheimnissen punktest Du bei dem nicht.

Was ich Dir noch sagen wollte: Er hört Joel Frederiksen, Renaissance- und Barockmusik.

20 M, Wien, Am Graben. – Du lügst! Du warst nicht bei Heinrich. Er öffnet nur mir die Tür, und die, die für ihn arbeiten, wie die Polin, haben einen Schlüssel. Wieso erfindest Du? Ich hätte Dich gerne mitgenommen zu ihm.

Meine Eitelkeit rettet mich vor dem Tod. Ich gebe mir jeden Tag Mühe. Die Vorstellung, dass ich niemandem mehr gefallen könnte, macht mich total fertig, so, als ob das, woraus ich bestehe, unter mir zusammenbricht! Als ich mir vor einem Jahr eine Lesebrille anfertigen ließ, vermaß der Optiker mein Gesicht und sagte: »Sie haben den goldenen Schnitt. Das gibt es selten.« Ein begabter Verkäufer. Bin an schlechten Tagen so verblendet, dass ich das Kompliment glauben will. Niemals wird mich Heinrich überwachen, er ist ja kein Stasityp. Was seine Vorliebe für Musik betrifft, ich weiß, dass er zu Barockmusik »Gelüddel« sagt. Dennoch: Er hört mit Vorliebe Glenn Gould, am liebsten die *Goldberg-Variationen*, Bach, von ihm gespielt, erträgt er. Bach-Gould-Gelüddel.

21 I, Hannover, Ernst-August-Platz. – Warum reagierst Du auf alles, was ich sage, so heftig? Niemals, niemals, niemals würde mich Heinrich überwachen! Ich bitte Dich, es gibt eine Menge Leute, die gegen den Überwachungsstaat auf die Straße gehen, aber nichts dabei finden, ihre Nächsten auszuspionieren.

Vielleicht nennt er sich im Augenblick Heinrich. Früher hieß er anders. Zu Barockmusik würde er nie, wie Du es nennst, »Gelüddel«, sagen. Dass er noch immer mit Vorliebe

Glenn Gould hört, wundert mich. Welche von Goulds Einspielungen der *Goldberg-Variationen* ist es denn?

Frag Deinen Heinrich nach Musikinstrumenten. Schau Dich in seiner Wohnung um. Er spielt Gitarre, Oud, türkische und arabische, Mandoline, Ukulele.

Wenn Du fündig wirst, ist es nicht Heinrich. Sondern der, den ich meine.

Ich weiß nicht, warum, aber es ist so. Deine Bekanntschaft mit ihm macht mir Angst. Hast Du ein Foto?

22 M, Wien, Am Graben. – Bin ich die naive Nuss, die alles glaubt, was ihr vorgespielt wird? Wenn das mit Heinrich so ist, wie Du behauptest, dann hat er einen Hirnschaden. Wir reden von verschiedenen Männern! Warum sollte Heinrich so liebevoll und fürsorglich zu mir sein, wie mein Papa nie zu mir war? Warum sollte er an meinem Bett sitzen und meine Hand halten, wenn ich Angst habe? In allem, was ich sehe, spüre ich eine Gleichmäßigkeit meiner Vorstellungen. Gerade ist er fortgegangen, er trug seinen Sommeranzug, der weiß ist wie italienisches Weißbrot. Kennst Du diesen Anzug? Mich schütteln die Ereignisse. Gestern, als ich Deine Nachricht erhalten habe, war ich waghalsig und habe seine Schubladen durchstöbert. Ich fand Tabletten und Uhren, auch nur einen einzigen Pass. Du irrst Dich! Menschliche Schwächen, wie ich sie habe, finde ich bei ihm nicht. Wir hatten noch keinen Sex. Glaubst Du, er könnte pervers sein? Gerade kam mir die Vorstellung, dass er wollte, ich solle ihn verprügeln, und dann seine Wunden pflegen. Du vergiftest mich. Ich will wieder glauben wie ein Kind. Da habe ich mich vor dem Bildstock mit der dornengekrönten Muttergottes auf die Knie fallen lassen und unter Weinen gefleht, sie solle meine Mama nicht sterben lassen. Vergifte mich nicht! Meine Mama ist gestorben, da war ich sieben. Du vergiftest mich! Was ich bin, will ich bleiben, und nicht nur auf dem Bildschirm. Du willst mir verklickern, wie viel weltgewandter Du bist. Dabei stecken Deine Schuhe im Moor. Manches wird wirkungsvoller, wenn wir es verbergen. Ich schäme mich, dass ich zweifle.

23 I, Hannover, Ernst-August-Platz. – Manchego, Schweizer Nussi, Wensleydale Cranberry, Cheddar Mexicana, damit punktest Du bei ihm. Wein, Käse, Brot. Man darf die Gerüche nicht durcheinanderbringen. Heinrich ist ein Zeremonienmeister. Schwarz ist Passion. Er wird Dich in den Himmel wiegen.

Sei es darum.

Ich war nie weltgewandt. Das dachte ich immer von Dir. Ich bin ein Angsthase. Niemals unerschrocken. Außer für meine Liebsten. Da bin ich eine Löwin.

Dass unsere Kinder zusammen gespielt haben, dass Du und ich nie Geld hatten, dass wir einander verstanden haben, ohne einander zu verstehen.

24 M, Wien, Am Graben. – Schön, was Du im zweiten Teil geschrieben hast. Mein Herz hüpft, es ist auch so, als hättest Du mir ewige Freundschaft versprochen.

Deine internationalen Fressnamen verunsichern mich, außerdem, wie soll ich das bezahlen, bekommt man das in der Apotheke? Du hast aber schon einen Funken Misstrauen für Heinrich in mir gesät, und er spürt das, also ist auch er vorsichtig, das ist sehr irritierend für unsere keusche Beziehung. Er macht mir neuerdings auch Avancen, wir trinken am Abend Whisky, ich beobachte ihn haarscharf und stelle fest, dass er mir auf den Busen starrt. Ich werde doch nicht in meinem Alter plötzlich verkrampft werden, das wäre schließlich das erste Mal im meinem Leben. Ich denke mir beim dritten oder vierten Glas, er will mich auf seinen Schwanz fokussieren, er lag halb zurückgelehnt und lockte mich mit seinen Schmachtaugen. Ich war mir nicht sicher, ob ich ihn eklig fand. Findest Du mich normal?

Er hat ein Freudenhaus, so nennt er sein Wochenenddomizil, irgendwo vor Wien im Grünen, dort ist Garten und gemütlich. Ich hatte einen Funken und wünschte mir, mit Dir dort hinzuziehen, wir könnten alle unsere Enkelkinder einladen. Habe Heinrich noch nichts gesagt. Ich glaube, ohne Intimitäten wird er mir das Haus nicht geben. Was soll ich tun? Ich vertraue ja den Naturgesetzen und somit meinem Selbsterhaltungstrieb. Es wäre nützlich. Ich weiß, das Nützliche ist nicht so liebenswert wie das Edle. Soll ich Heinrich noch weiter werben lassen? Was weißt Du über den Mann im Allgemeinen und den im Besonderen und über Gorillas? Ich bin trotz meiner heftigen Affären ein Unschuldsschaf.

25 I, Hannover, Ernst-August-Platz. – Du meckerst über meine Käseliste. Dabei hört sich die, laut gelesen, total stark an. Namen von Rosen, Städten, Fußballvereinen, sogar von Pistolen, haben einen guten Drive. Sie beruhigen. Vor Jahren, mir wurde gekündigt, ich verlor die Wohnung, hatte kein Geld, wollte nach Hause. Per Anhalter von Frankurt/Main nach Dornbirn. Es war Mitte September, aber schon ziemlich kalt. Irgendwo nach Frankfurt hat mich so ein Typ an einem Rastplatz nach Mitternacht aus dem Auto geworfen. Keine Menschenseele war da. Nur so ein gespenstisches Scheißhaus. Und Nebel. Ich sah nichts, und ich hörte nichts. Als wären von der Welt die Geräusche verschwunden. Vor Angst fing ich an, meine Namenslisten herunterzuleiern. Das hat geholfen.

Liebste Freundin, lass Heinrich auf Deinen Busen starren! Ist doch viel besser, als wenn er dauernd vor Dir hin und her ginge und sagen würde, was für ein toller Hecht er sei.

Dass ich nicht vergesse, Dir zu erklären, Heinrich ist nicht der, den ich meine. Verzeih, meine Freundin, dass ich Dich verunsichert habe. Aber Deine Bemerkung gestern, dass Dein Galan Dir auf den Busen starrt, hat mir jeden Zweifel genommen. Der, den ich meine, würde nicht einmal nach einer ausgetrunkenen Flasche hochprozentigen Wodkas seine Contenance verlieren. Schmachtaugen? Niemals! Der ist stolz und dreht erst im Bett auf.

Tut mir leid, dass ich Dir das so krass sagen muss. Dein Heinrich ist ein Schleimer und sein Freudenhaus, so es ihm überhaupt gehört, ein Domizil für Hypochonder und Baldrianfreaks. Und da willst Du mit unseren Enkelkindern hin und Feenfeste feiern!

Heute habe ich mir etwas geleistet. Eine pinkfarbene Armbanduhr mit Weltzeitanzeige. Ich muss immer wissen, wie spät es überall ist. Früher habe ich mir nie Uhren gekauft, weil ich sie immer von meinem Vater zum Geburtstag geschenkt bekommen habe. Aus unerklärlichen Gründen waren sie dann spätestens nach einem Monat unauffindbar.

Daraufhin hat mein Vater umgestellt und angefangen, mir mit Perlen bestickte, sorbische Eier zu schenken. Keine Ahnung, wie ihm so etwas in den Sinn gekommen ist.

Mein Vater wäre gern Astronom geworden. Aber er ist ein Erfinder. In unserer Kindheit kamen zu uns nach Hause Leute, die an den Konstruktionen meines Vaters interessiert waren. Leider fehlte meinen Eltern das Geld für Patentanmeldungen.

26 M, Wien, Am Graben. – Eines weiß ich: Dein Heinrich ist nicht mein Heinrich. Er hat im Bett noch nicht aufgedreht, und das ist gut so, alles ist komplizierter, als ich es gewohnt bin. Überall (natürlich nicht überall, zum Beispiel nicht auf der Toilette, sonst aber in allen Räumen und Fluren) in der Wohnung stehen Fotografien seiner Mutter herum. Er führt mich vor den Spiegel, dreht mit seiner rechten Elfenbeinhand meine Haare zu einem Turm, dann nimmt er die linke und zeigt das Foto seiner Mutter im Spiegel. Ja, er ist ein Ödipus! »Siehst du die Ähnlichkeit«, sagt er, und ich sage, »nein, sehe ich nicht«, und er, »der Mensch selber weiß nie, wie er aussieht.« Ihm habe es das erste Mal, als er mich gesehen hat, die Sprache verschlagen. »Ich bin nicht deine Mutter«, sage ich, »und ich werde nie deine Mutter sein.« Man stelle sich diesen Satz vor! So tief bin ich gesunken! Seine Mutter war Tänzerin, hat aber nie getanzt, weil ihr Mann nicht wollte, dass sie andere Leute anschauen. Also nur zu Hause getanzt. Und dennoch: Tänzerin. Sagt der Sohn. Eine Frau mit schattigen Augen. Sie hat sich selbst getötet, und ich wage nicht zu fragen, wie, weil ich Angst vor seinem Déjà-vu habe. Sein Leben ist ein einziger *rosebud*. Ich muss mich gegen meinen Mutterinstinkt wehren, Heinrich an mich drücken, über sein Haar streicheln, wie damals bei meinen Babys. Ich will nicht seine Gorillafrau sein. Darum eine Frage wegen der Gorillas.

Mein Leben ist ein zweischneidiges Messer, zu planen wäre verwegen, ich will Heinrich nicht benützen und in seinem Freudenhaus Feenfeste feiern. Unterstell mir das nicht! Ich muss alles dem Zufall überlassen. Intuitiv zu reagieren ist das Einzige, was mir bleibt.

Warum hat Dich der Mann damals aus dem Auto auf die Straße geschmissen? Erst hatte ich mich verschrieben und »geschissen« geschrieben, das passiert einer Schriftstellerin, die sich dann überlegt, welches Wort sich besser eignet.

Manchmal scheinst Du arrogant, und das lässt mich wie eine Idiotin aussehen. Dann wieder bin ich beflügelt von Dir, ich fliege voraus, Du folgst mir nach. Laute Beratungen über Heinrich wären mir peinlich.

Übrigens: Er hat mir ein weißes Kleid aufs Bett gelegt. Weiß wie Milch (wo doch Dunkel meine Farbe ist).

27 I, Hannover, Ernst-August-Platz. – Ist es Herbst oder schon Winter? Ein Jahr mit so vielen Toten und alten Männern, die den Sound in ihren Schädeln so anschwellen lassen, dass ihn niemand mehr abstellen kann.

Wie wird das Wetter morgen? Kann man ohne Mantel draußen sein? Passiert Dir das auch? Alle Schuhe, die ich kaufe, lassen nass durch. Selbst solche, die wie Zotteltiere ausschauen.

Am 23. Dezember feiern meine Eltern ihren fünfundsechzigsten Hochzeitstag. Darüber freue ich mich.

28 M, Wien, Am Graben. – In meinem Herzen herrscht tiefster Winter, es stürmt, und ich bin schlaflos. Schlafe ich dann, bin ich wie tot, ich möchte gar nicht mehr aufwachen. Heinrich beugt sich über mich, und er hat Sorgen im Gesicht. Seine Hände sind winterkalt, ich rechne, wie lange er leben könnte, mir schwimmt er vor den Augen davon. Ich will mich auf nichts mehr einlassen. Aber über die Bequemlichkeit in seiner Wohnung komme ich nicht hinweg. Alles ist fein. Die Decken kratzen nicht, die Matratze lässt mich schweben, seine Hühnersuppe soll mich kräftigen, wenn ich aber an das alte Huhn denke, wird mir schon übel, und ich denke, so ein altes Huhn wie ich, und dann Suppe daraus, »wohin soll ich mich wenden, wenn Gram und Schmerz mich drücken«, das wurde in der Kirche gesungen, als ich Kind war, neben mir meine fromme Schwester. Die Mama lebte noch und hat uns fürsorglich angezogen: das Unterhemdchen bis hinunter zu den Strümpfen, Strumpfleibchen aus Flanell (darauf gedruckt: *Gute Nacht, mein Kind, der Abend war heute so schön*), mit Strapsen, erstes Leibchen, zweites Leibchen, Pullover, Jacke, dünne Baumwollstrümpfe, Wollstümpfe darüber, Schafwollsocken, erst dann die harten Schuhe. Mantel mit Kapuze, darunter eine Angoramütze, Fingerhandschuhe, darüber Fäustlinge, Schal. In der Kirche dann zog es so von unten, und ich merkte, dass ich gar keine Unterhose anhatte, hatte die Mama vor lauter Hingabe vergessen.

»Wohin soll ich mich wenden?«

Heinrich setzt sich ans Klavier, spielt die *Revolutionsetüde* Opus 10 von Chopin – ich bekomme eine Gänsehaut, unterm Spielen sagt er, als gehöre es dazu: »Ich hatte damals viel Haar, dickes dunkelbraunes Haar, das in der Mitte gescheitelt war. An den Seiten war es lang und wellte sich zu den Schultern.«

Meine Familie ist so weit weg, ich liebe sie, aber meine Arme sind zu kurz, ich kann sie nicht umfassen. Mein jüngster Sohn ruft mich an, ein junger Mann, ein Maler, hübsch, ein junger Bob Dylan, mit seinen Wirrhaaren und feinem Gesicht. Es ist leicht für ihn, eine Frau kennenzulernen, sie zu halten, ist schwierig. Er überlegt sich, ob er Therapeut werden könnte und nebenbei Maler sein, vom Malen allein kann er nicht leben, dann aber zaudert er und zweifelt. »Ich als Therapeut, vor mir sitzt eine junge Frau und erzählt mir, dass sie seit ihrem vierten Lebensjahr von ihrem Onkel vergewaltigt wurde. Was sage ich zu ihr?« Er stellt diesen Beruf in ein Eck, konzentriert sich auf die Frau, die er, wie er sagt, so sehr liebt, wie er noch keine geliebt hat. Sie ist es. Bald läutet das Telefon:

»Mama, ich will stolz sein, ich will ein Mann sein.« Er hat es geschafft, sich durchzusetzen, hat diese Frau, die verheiratet war, vor die Wahl gestellt. Es war kurz vor Mitternacht. Er rief sie an: »Ich ziehe mich jetzt an, warm, weil es draußen eisig ist, dann gehe ich zu unserem Lieblingsplatz, wenn alles, was du mir versprochen hast, stimmt, kommst du auch.« Er saß vor einem SPAR-Markt, dort bei der warmen Lüftung, wartete, rief wieder mich an: »Mama, sie kommt nicht, denkst du, sie kommt, sie kommt nicht, sie kommt nicht, da kommt sie, nein, sie war es doch nicht, zwei Hunde ...« »Vielleicht hat sie sich in zwei Hunde verwandelt«, sage ich und bin glücklich, dass er lacht. Dann lange nichts. Viel später: »Mama, sie ist bei mir, jetzt, wir waren im Atelier, ich habe ihr mein Nachmittagsbild gezeigt, das voller Wut und Verzweiflung ist.

Hast du Trost für mich?«

29 I, Hannover, Ernst-August-Platz. – Du sitzt da. Warum sitzt Du so da? Ich gehe raus, komme nach einer Stunde zurück, Du sitzt noch immer so da.

Wartest wieder auf den mit den Elfenbeinhänden. Der immer lächelt und eine Stimme weich wie Butter hat. Er wird Dich töten und in den See werfen.

Weißt Du, wie spät es ist? Nein, das weißt Du nicht. Dir tut der Hals weh. Deine Gelenke schmerzen. Dein Körper erklärt Dir den Krieg.

Ich spiele Dir ein Lied von Chavela Vargas vor. Sie ist uralt, und ihre Stimmbänder sind reinste Lakritzstangen, aber sobald Du sie singen hörst, weinst Du.

Danach, meine Freundin, ziehen wir um die Häuser.

30 M, Wien, Am Graben. – Um die Häuser ziehen, das ist ein guter Vorschlag. Aber wie komme ich aus der Wohnung, wie komme ich aus dem Haus. Heinrich bewacht mich im Guten. Er sagt, ich kann erst gehen, wenn ich wieder gesund bin.

Weißt Du, es ist nicht Furcht oder Zittern, es ist das, was dazwischen liegt. Heinrich hat mir das gewisse Angebot gemacht: Ich soll ihn heiraten. Er saß an meinem Bett und redete ziemlich vernünftig. Das mit der Liebe, sagte er, sollen wir nicht übertreiben, wir schätzen uns, er zum Beispiel verehre mich mit Haar und Haut, oder umgekehrt, er würde, sagte er (er war letzte Woche bei einer Durchuntersuchung), nicht mehr allzu lange leben, Genaueres wollte er nicht verraten, er als Gentleman tut so, als stünde er über den Dingen. Ich frage nicht nach. Heute Nacht lag er auf dem Sofa im Wohnzimmer und hat geweint. Ich bin im Bett geblieben, mein Körper hat gebebt. Also, er sagt, er wolle mich ehelichen, er ist ziemlich vermögend, und er sagt, das wäre für ihn ein Heiratsgrund, er wisse, wenn er sein Vermögen mir überschreibe, käme es an die richtige Adresse. (Er will, dass ich ihm von meinen Enkeln erzähle, von dem kleinen Berserker, der zur Balkontür hinaus-, zur Eingangstür hereinstürmt, hinaus, herein, immer die Runde, immer die Runde, fünfundzwanzigmal am Tag, er rennt, lässt sich dann fallen, sinkt auf den Teppich, sinkt und lächelt selig. Er ist fünf, der Schatz, und sieht aus wie der Dalai Lama als Kind, lackschwarze Haare, schwarze Schlitzaugen, Olivenhaut. Und Muskeln.) Heinrich will immer wieder diese Geschichte hören, oder die von der Königin, der dritten Enkelin in der Altersreihe, die zu viel wiegt und Bauchtanz kann, ich habe ihr Schleier mit Silberplättchen geschickt, sie führt mir über Skype einen Bauchtanz vor, Heinrich flippt beinahe aus vor Entzücken, oder die Geschichte des mageren

Fußballfreaks, des Ersten, der seine Trophäen auf dem Kleiderkasten abstaubt, und zwischendurch immer wieder auf das Linoleum flapst, als hätte er gerade den entscheidenden Ball gefangen, oder die Elfengeschichte, Soffi, die Zweite, redet mit den Raben, wenn sie auf ihren Bettvorleger scheißen, wird sie rabiat … ja, und wegen diesem, allem, will er mir sein Vermögen vererben und so weiter … und mich heiraten. Ich rätsle, ob er einen Hirntumor haben könnte, er konsumiert schachtelweise Novalgin und hält sich die Schläfen. Und dann würde ich eben dieses weiße Kleid anziehen (vorher will ich es in Schwarztee tunken, das hat Marilyn Monroe auch getan, damit es nicht so grell ist). Ob wir dann Sex haben werden, wüsste nicht einmal Kierkegaard. Was also rätst Du mir?

31 I, Hannover, Ernst-August-Platz. – Ich würde Heinrich nicht heiraten. Warum auch? Um zu erben? Absurd! Verwandte, die sich davor nie um ihn gekümmert haben, schießen dann wie Pilze aus dem Boden. Du verfügst nicht über die Mittel, um gegen so eine Meute anzutreten.

Rätsle nicht, ob er einen Hirntumor haben könnte. Er hat keinen! Sonst könnte er Dir nicht zuhören.

Zieh dich aus, sagte der zu mir, von dem ich meinte, er wäre Heinrich. In seinen Augen war ein Licht wie von Honig. Ich wusste, diese Liebe wird mich krank und schön machen. Auch dann noch, wenn es schon dreißigmal Herbst geworden sein wird.

Ich kann Dir nicht raten, wie Du Dich wegen Heinrich entscheiden sollst.

Hier ist es plötzlich ganz hell geworden! Da muss etwas passiert sein. Feuerwehren stehen vor dem Wohnblock. Kannst Du vorbeikommen?

32 M, Wien, Am Graben. – Heinrich hat mir das Lied dieser wunderbaren Sängerin übersetzt:

Darum, Mädchen
geh nicht weg jetzt
träumte von einer Rückkehr
Liebe ist einfach
und die einfachen Dinge
verschlingen die Zeit

Kannst Du Spanisch? Dass ich keine Fremdsprachen kann, macht mich fertig. Heinrich sagt dazu: »Fang zu lernen an, ich helfe dir.« Und ich denke, wenn er doch nicht viel Zeit mehr hat … Du sprichst so *nobleza*, verschleiert, nicht konkret, und bei mir ist alles furchtbar konkret, zum Fürchten. Ich bin ziemlich krank, so als hätte ich es ihm abgenommen, und Heinrich weicht nicht von meiner Seite. Er hat keine Verwandten. Es war eine einsame Familie, nur seine Mutter, die elend Traurige, ohne Geschwister, sein Vater, der früh Verstorbene, ohne Geschwister, bleibt nur noch Heinrich mit seinem Vermögen. Reiß ich mir einen Zacken von der Krone, wenn ich mit ihm aufs Standesamt gehe? Sei konkret, überlege, wie es sein könnte, wir beide in seinem Haus im Grünen, in den Ferien mit unseren Enkeln, im Winter in der Stadtwohnung. Wenn wir uns verstreiten, Du im Grünen oder Weißen (im Winter) und ich in der Stadtwohnung. Zier Dich nicht. Tu nicht so, als stündest Du in der obersten Etage.

Du ziehst Dich vor Männern aus, und alles ist wie im Traum. Ich ziehe mich vor Heinrich nicht aus, kann sein, er vermutet meinen Körper unter dem Batistnachthemd (von seiner Mutter). Du bist Terroristin auf dem Papier, und ich bin Spießerin in der Wirklichkeit. Habe aber immer wieder revolutionäre Gedanken. Gewehrläufe zielen in verschiedene Richtungen und so weiter. Mach einen vernünftigen Vorschlag. Und wenn es in der Nachbarschaft brennt, schau nicht zu, zieh Stiefel und Handschuhe an, und versuch zu retten!

Morgen bringt mich Heinrich ins Krankenhaus, er selber fühlt sich stark und gesund. Er organisiert ein Klasse-Zimmer, und ich nehme es dankend an. Ich bin eine Schmarotzerin und keine Schmarotzerin.

33 I, Hannover, Ernst-August-Platz. – Ich kann nicht Spanisch. Ein paar Brocken. Aber mir gefallen die Lieder, und ich lerne sie auswendig. Ich sammle Lieder aus allen Weltgegenden.

Was meinst Du damit, ich spreche, wie Du es nennst, *nobleza*, verschleiert, nicht konkret, und bei Dir sei alles furchtbar konkret? Treten wir hier zu einer Olympiade an?

Wenn es für Dich gut ist, mit Heinrich zu sein, und er Dich heiraten will, dann zögere nicht. Ich besuche Dich nach der Hochzeit. Allein oder mit den beiden Kleinen. Dann spielen unsere Enkelkinder genauso zusammen, wie vor Jahren unsere Kinder zusammen gespielt haben.

Wir verstreiten uns nicht. Wie kommst Du darauf?

Wo warst Du gestern Abend? Ich habe so darum gebeten, dass Du bei mir vorbeischaust. Es hat übrigens nicht gebrannt. Die Feuerwehrleute suchten nach einer Giftschlange. Leider ohne Erfolg. Das ist schon ein recht mulmiges Gefühl.

34 M, Wien, Am Graben. – Willst Du damit sagen, dass ich die Giftschlange bin?

Das Zimmer im Sanatorium ist schon reserviert, für morgen, Dienstag, wirst also ein paar Tage nichts mehr von mir hören. Ich sage einfach, was ich denke, völlig unsportlich, es schreibt mir, und der, der hinter mir steht, trägt die Verantwortung. Ich bin unschuldig. Heinrich hat mich heute gebadet, mir die Haare geschnitten, Finger- und Zehennägel gefeilt, farblos lackiert, zweimal, das zweite Mal, als das erste Mal eingetrocknet war, er versteht viel von Nagelhäutchen und ist ein Parfümspezialist. Er stellt selber Essenzen her, ist ein Dauerkunde bei den Herren Magistern, gibt sehr viel Geld aus für sein Hobby. Er rätselt bereits seit einer Woche, ob zu mir besser Pyjamas oder Nachthemden passen. Jetzt hat er es herausgefunden. Tannengrüne Seide hat er zu einem japanischen Kimono nähen lassen, dazu einen passenden Pyjama in einem schmutzigen Rosa. Ich ziehe das garantiert nicht an, weil Seide auf meinem Körper rutscht wie Schlangen, jetzt kann er es in den Kasten räumen oder bald selber anziehen. Jeden Tag wird er magerer. Was mache ich, wenn sie mich im Sanatorium behalten, ich meine, lange, ziemlich lange? Wird Heinrich bis dahin verdorrt sein? Versprichst Du mir, dass Du mich befreist? Dann kann ich auch wieder Gedichte schreiben und Geschichten, die einen Sinn haben. Ach, vergiss Deine alte Freundin nicht.

35 I, Hannover, Ernst-August-Platz. – Liebe Freundin, weil Du es verwurstelt hast, schicke ich Dir noch einmal das Vargas-Lied. Diese etwas freie Übersetzung ist von dem, den ich zuerst hinter Heinrich vermutet habe.

Von den einfachen Dingen

Wir verabschieden uns gleichgültig von den einfachen Dingen
So wie ein Baum im Herbst seine Blätter abwirft
Am Ende ist die Traurigkeit der langsame Tod der einfachen Dinge
Jene einfachen Dinge, die wehtuend in unserem Herzen bleiben

Wir kehren stets an die alten Plätze zurück, wo wir das Leben geliebt haben
Und dann verstehen wir, dass die Dinge, die wir geliebt haben, verloren sind
Darum, Mädchen, geh jetzt nicht und träume, dass du wiederkommst
Denn die Liebe ist einfach, und die Zeit verschlingt die einfachen Dinge

Bleib hier, im hellen Licht dieses Mittags
Wo Du mit Brot und Sonne den Tisch angerichtet finden wirst

Darum, Mädchen, geh jetzt nicht und träume, dass du wiederkommst
Denn die Liebe ist einfach, und die Zeit verschlingt die einfachen Dinge

Ich trag diese Übersetzung immer bei mir. Jeder Tag spiegelt sich darin. Und je älter ich werde, umso mehr. Aber es ist einmal so, wie es ist, und das wunderschönste Lied tröstet nur den, der sich trösten lassen will.

Als Kind bin ich mit meiner Mama und anderen Frauen zum Totenwaschen und zur Totenwache gegangen. Danach wurde der Leichnam zu Hause aufgebahrt. Zur Beerdigung kam ein Mann mit zwei schwarz geschmückten Pferden. Der

Trauerzug nahm dann entweder den steilen Weg zur katholischen oder den ebenen zur evangelischen Kirche.

Die Totenwache dauerte oft bis nach Mitternacht. Beim Nachhausegehen fragte ich meine Eltern, wie die Toten in den Himmel kommen. Sie verneigen sich vor ihrem Stern, antwortete meine Mama. Solange wir klein waren, glaubten meine Schwester und ich, dass zu jedem Menschen, der stirbt, ein Stern gehört.

Dreißig Jahre später sah ich in St. Gallen *L'Orfeo* von Claudio Monteverdi. In dieser Fassung wird Orpheus als Stern an den Himmel verbannt.

Liebste Freundin, soeben schreibst Du mir, dass Du für ein paar Tage oder sogar für längere Zeit ins Krankenhaus musst.

Lass das nicht zu! Du weißt, wir funkeln doch. Das haben wir einander geschworen.

Liebe Freundin, warum willst Du sinnvolle Gedichte und Geschichten schreiben. Toughe Leute haben uns doch schon einmal als die zwei idiotischen Dichterinnen bezeichnet. Uns kam es vor, als habe man uns die zwei singenden Schwestern genannt. Stante pede flatterten wir da, wie verrückt, im Dirndl über den Pfänder.

Ich will Dich befreien, aber brauchen wir dazu nicht mehr Leute? Überhaupt, geh nicht dorthin, wo Räume im Minutentakt auf- und zugesperrt werden und die Zimmerdecke so weit oben ist, dass Du nicht einmal mit dem Besen drankommst.

Dass Du mir bitte antwortest. Ich habe sonst keine Ruh.

Liebe Freundin, wo bist Du?

Ich mache mir große Sorgen.

Bitte melde Dich!

36 M, Wien, Am Graben. – Eben hat mich Heinrich aus dem Sanatorium abgeholt. Ich habe einen total schicken Verbandsturban, und die Luft macht mir Vergnügen. Warum hast Du mich nicht befreit? Die Ärzte sind Menschen und benehmen sich wie Hasen, sie zupften an mir herum und waren nie zufrieden. Was gäbe ich drum, von Dir verwöhnt zu werden! Weißt Du, Zuneigung immer in dosierter Form, wie die von Heinrich, kann öd sein. Sag ihm aber das ja nicht. Ich sitze auf seiner Waagschale und muss froh sein, dass er mich wieder mästet, ich bin nämlich ziemlich mager (wie Heinrich) und schiach geworden. Mit dem Kopfschmuck bin ich eine uralte Beduinenprinzessin (wahrscheinlich wegen dem Goldschal, den mir Heinrich noch um den Verband geschlungen hat). Frag mich nicht, was unter dem Verband ist. Keine Haare und pfui Teufel.

37 I, Hannover, Ernst-August-Platz. – Warum trägst Du einen Verbandsturban? Bist Du auf den Kopf gefallen?

Tagelang suche ich nach Dir, klappere sämtliche Sanatorien ab. Keine Spur von Madame. Dann gestern. Sitzt in der Bahn neben einem Riesen, der sich zu Dir hinüberbeugt wie ein ausgefahrener Zahnbohrer. Ich bin wütend und weiß nicht, gehe ich zu Dir hin und knall Dir eine, schließlich hatte ich mir in den vergangenen Tagen furchtbare Dinge ausgemalt. Du liegst im Straßengraben, im Rhein oder hinter dem Gebüsch. Ich entscheide mich, Dir keine zu knallen, sondern an der nächsten Station auszusteigen. Habe Dich sogar im Vorbeigehen gestreift.

Aber Du warst mit dem Riesen in ein intensives Gespräch verwickelt.

Von wegen Heinrich, Goldschal, mästen. Ich glaube Dir kein Wort.

38 M, Wien, Am Graben. – Was bist Du erbarmungslos! Gehst an mir vorbei, streifst mich und sagst kein Wort. Was bist Du von mir? Du kannst nur mehr eine Bekannte für mich sein, mehr nicht. Höchstens eine, die ich vom Sehen kenne, höchstens so eine.

Ich lade Dich Dienstag, den 22. 11., zu mir ein, das ist der Geburtstag meiner Mama. Nütze diese Gelegenheit! Der Riese ist der Arzt, der mich operiert hat. Ein Hase, weiter nichts. Heinrich meinte, ich sollte ihn kennenlernen, bevor er in mich hineinfährt. Wir trafen uns im Krankenhaus und trafen uns, wenige Tage später, zufällig, in der Bahn. Kann sein, dass er mich ausprobieren wollte, aber mich zündet er nicht. Ich träumte im Sanatorium, wir zwei, Du Böse und ich Schlechte, befinden uns in einem unbeholfenen Zustand, indem wir erschossen daliegen. Sei gnädig, denk an die verkratzte Zeit unterm Feigenbaum.

39 I, Hannover, Ernst-August-Platz. – Das war kein Feigenbaum! Und die Kratzer kamen von den Mostäpfeln, die in einem fort bei uns einschlugen. Schließlich lagen wir unter unserem Lieblingsbaum und sahen pfeilgrad in den Himmel. Einmal im Jahr nachts, ein anderes Mal tags. Aber immer im September. Redeten wir eigentlich dabei? Vollmond, erinnere ich mich, wollten wir keinen.

Wie oft wirst Du eigentlich operiert? Was bleibt da noch von einem? Am Ende aller Tage, liebe Freundin, erinnert nichts mehr an den schönen Schwung unserer Augenbrauen. Und unsere Lippen, einst effektvolle Lockmittel, kauern jetzt im Gesicht wie zwei ausgetrocknete Regenwürmer.

Es hat den Anschein, als ob Du fortan nur noch für die Kunst von Chirurgen schwärmen wolltest.

Ich neben Dir erschossen! Und auch noch in einem unbeholfenen Zustand! Kein Wunder, dass Du einen Verband um Deinen Kopf trägst.

Steig herab vom Operationstisch, liebe Freundin! Ich hab den Lamborghini, Du fährst ihn.

40 M, Wien, Am Graben. – Ich hab gar nicht gewusst, dass Du auf Sportwagen stehst, wie oberflächlich! Schminkst Du Dir Deine eingetrockneten Regenwürmer eigentlich noch? Tipp: Fettcreme drauf, roter Lippenstift, am Taschentuch festdrücken, und das ein paar Mal wiederholen, wirkt Wunder. Ich bin jetzt ausoperiert, lass keinen mehr in mich hinein, verheiratet bin ich bereits, zieh aber meinen Ehering nicht an. Du vergisst alles Schöne, wie traurig! Ich kann sein wie ein Kind, das, sagt Heinrich, sei mein Geheimnis. Ist natürlich nicht mein Geheimnis, bin einfach so, aber sag in der nächsten Mail bitte nicht, dass ich plemplem bin, altersbedingt. Du warst bei den Purzelbäumen doch auch immer ganz vorn. Was ist mit Dir los? Was ist mit Deinen Flaumhaaren? Ich kultiviere das mit dem Turban, weil ich ohne Haare wie ein Gespenst aussehe. Kommst Du am Dienstag? Ich muss es wissen. Und was soll Heinrich kochen? Bitte sag, etwas ohne Zwiebeln, sonst stinkt wieder alles so. Magst Du immer noch die süßen Nussschnecken?

Der Briefträger hat mir Deinen Vogel gebracht!

Schick Dir dafür mein momentanes Lieblingslied, das mich in der Nacht tröstet.

41 I, Hannover, Ernst-August-Platz. – Liebe Freundin, Nussschnecken mochte ich noch nie. Aber morgen bin ich da. Bei Dir? Bei Heinrich? Ich esse gern Spinat, Spiegelei, Kartoffeln. Nicht nur, dass mir dieses Essen schmeckt, es den Magen nicht belastet. Es leuchtet obendrein so wunderschön wie die Haut eines Feuersalamanders.

Meinen Geburtstag feiere ich immer an zwei Tagen. Ich bin, so genau wusste das die Hebamme nicht, entweder knapp vor oder knapp nach Mitternacht auf die Welt gekommen.

Während meiner Geburt spielten mein Vater und mein Onkel Karten. Dann war meine Ankunft. Die Hebamme rief nach meinem Papa. Er trat ins Zimmer, sah Blut und fiel um wie ein Bloch. So jedenfalls wird an allen Familienfesttagen das erste Zusammentreffen zwischen meinem Papa und mir geschildert. Die Hebamme, mit meinen Eltern gleich alt und zudem auch noch mit uns verwandt, wurde meine Patin. Unter Lachen erzählt sie mir noch heute, wie überfordert sie bei meiner Geburt gewesen sei. Sie hätte tatsächlich nicht einzuschätzen vermocht, wer damals mehr der Betreuung bedurft hätte, meine Mama, mein Papa oder ich.

Auch, meint sie, hätte jenes Kartenspiel bestimmt Einfluss auf mich gehabt.

Was ziehe ich morgen zu Eurer Feier an? Dein Heinrich, kommt mir vor, behandelt und pflegt seine Kleider, als wären es Tierchen.

42 M, Wien, Am Graben. – Ich freue mich auf Deinen Besuch und bin stolz, dass ich Dich Heinrich vorstellen kann – meine beste Freundin (die früher Nussschnecken geliebt hat und es jetzt weglügt). Alles wird es geben, was Du möchtest. Heinrich geht auf den Naschmarkt und kauft das Beste ein. Wir trinken Wein – wann haben wir das letzte Mal Wein getrunken? Als ich unter den Tisch gefallen bin und Du mich nach Hause geschleppt hast? Aber das war etwas mit K.-o.-Tropfen, glaube ich bis heute jedenfalls, ich werde doch nach einer halben Flasche Wein nicht umkippen? Erinnerst Du Dich noch an die Typen an der Bar? Wir dachten, sie schließen eine Wette ab, wie sie uns abschleppen könnten. Was soll's. Du hast das mit den K.-o.-Tropfen nicht geglaubt, weil Du selber nur angetrunken warst. Was soll's.

Die Geschichte von Deiner Geburt hätte ich noch gewusst.

Wir lassen uns von Heinrich nicht wie Tierchen behandeln. Wir sind Damen. Mit »Niveau« – und so heißt keine Topfpflanze.

43 I, Hannover, Ernst-August-Platz. – Ihr hattet mich für heute eingeladen. Ich war da. Ihr nicht!

Dabei hatte ich mich so richtig in Schale geworfen. Lila Schuhe, schwarzes Strickkleid, schwarze Leggings, Holzbrosche. Auch Geschenke für Euch hatte ich dabei: Zitronengrassuppe, Dijon-Senf, Rauch-Pflaumen-Käse. Wodka. Kekse von Arco. Rosen. Eine Fado-CD.

Ich habe mich sehr auf Euer Essen gefreut. Aber ich hätte es mir denken können.

Jetzt tapere ich durch den Nebel, und die Weiden schlagen mit Peitschen nach mir. Ich bin wütend. Schmier Dir Deine Versprechen in die Haare!

Zu Hause trinke ich einen Glühwein. Anrufe von Dir nehme ich heute bestimmt nicht mehr an.

44 M, Wien, Am Graben. — Just a pain in the ass!

Wir haben gewartet, von wegen, Du warst bei uns. Heinrich wohnt AM Graben, nicht IM Graben!

Und auf meine Anrufe reagierst Du nicht!

Komm morgen, 17 Uhr, warte an der Pestsäule, ich hole Dich ab. Du weißt doch, wo die Pestsäule ist?

Dann hinein ins schwarze Strickkleid. Was ist das, eine Holzbrosche? Ist die aus Eiche? Ist die schwer? Hast Du sie von einem Holzfäller geschenkt bekommen? Und: Nicht die Geschenke vergessen. Ich liebe Geschenke. Und sag, dass sie ganz allein mir gehören. Sag es vor Heinrich. Ich will sein Gesicht sehen. Erschrick nicht über meinen Kopfverband. Er ist heute frisch gewechselt worden, und ich werde ihn mit Efeu für Dich schmücken.

Bis morgen. Ich freue mich.

45 I, Hannover, Ernst-August-Platz. — Ob ich morgen um 17 Uhr bei Dir und Heinrich vorbeischaue, ist ungewiss. Einmal pro Woche koche ich mit anderen Frauen für die Armentafel. Dann esse ich auch dort.

Die Brosche besteht aus einem kleinen, angesengten Stückchen Holz. Vor Jahren implodierte in meiner Wohnung der Fernseher. Es gab nicht einmal einen Knall. Nur im Bildschirm ein seltsames Geräusch. Aber alles fing gleich Feuer. Gott sei Dank kamen keine Personen zu Schaden. Aber wir wurden alle für zwei Wochen woanders untergebracht.

Die Hälfte Deiner Geschenke habe ich vor Zorn gegessen. Und das schwarze Strickkleid muss in die Reinigung. Verschieben wir unser Treffen auf nächsten Dienstag?

Warum sollte ich über Deinen Kopfverband erschrecken? Du redest ja dauernd davon. Wieso trägst Du ihn überhaupt. Trepanation oder Chemotherapie?

Aber ich will nicht indiskret sein.

Ergeht es Dir auch so? Du nimmst einen Schluck Alkohol, egal wovon, und Dein Gesicht wird knallrot? Als wuselten tausend Ameisen unter Deiner Haut. Das sieht total verboten aus. Es kann daher überhaupt nicht sein, dass ich jemals in der Öffentlichkeit mit Dir gesoffen hätte. Noch dazu in einer Bar. Ich falle ja schon ohne Alkohol von so einem Hocker.

Wer putzt eigentlich Heinrichs Wohnung? Öffne seine Marmeladengläser. Vielleicht haben sich dort über die Jahre seltsame Edelweiße gebildet. Kontaminierte Lebensmittel sind der Horror.

Salmonellen, Listerien, Botox. Du riechst nichts. Dann siehst du doppelt.

Wieder einmal keine Nachricht von Dir. Bist Du beleidigt?

Du tauchst Heinrich nur noch in rosarotes Licht. Das beunruhigt mich. Glaub mir, liebe Freundin, er ist todessüchtig.

Bitte melde Dich. Ich kann sonst nicht schlafen.

46 M, Wien, Am Graben. – Du mitleidloser Mensch oder Du Nachtigall für andere, fühlst Dich selig und pflegst die Armen, Du speist sie wie damals unser Herr Jesus, aber wie hältst Du es mit Deiner Kinderfreundin? Ich bin wieder ins Sanatorium gekommen, und sie haben mich gleich dortbehalten. War wieder ein winziges Loch zu bohren in meinen nichtsnutzigen Schädel – Trepanation sagst Du dazu, tut überhaupt nicht weh. Habe jetzt noch Fieber bekommen und kann nur hoffen, dass Heinrich mich morgen holt (und wenn er dafür die Ärzte bestechen muss) – Hasen lassen sich gern bestechen. Ich bin in der Nacht aufgewacht, weil es an meinem Ohr gebrummt hat, und da hat sich doch tatsächlich ein dunkelbrauner Teddy auf meinen Bauch gedrückt, so weiches Fell. Ich schüttelte ihn immer wieder, weil ich sein Brummen hören wollte.

Eine polnische Frau putzt Heinrichs Wohnung, die er über alle Maßen gut bezahlt, er habe, erzählte sie mir hinter ihrer Faust, als sie noch frischer war, überlegt, sie zu heiraten.

47 I, Hannover, Ernst-August-Platz. – Warum bohren Sie Dir schon wieder ein Loch in den Schädel? An Deinem Ohr brummt nichts. Vom Fieber kriegst Du Nonnensausen!

Morgen holt Dich Dein Bräutigam aus dem Sanatorium. Nimmt Dich zur Frau. Im handgewobenen Goldbrokatkleid verwandelst Du Dich in eine wunderschöne Bachforelle. Und ein armenischer Flötenspieler hält den Ton.

Deinen Heinrich gibt es nicht! Du hast ihn erfunden, um noch einmal alle Register ziehen zu können!

Liebe Freundin, rüste Dich für den Ort unserer Kindheit. Wie einst Japaner ihre Alten in die Berge brachten, um sie dort ihrem Schicksal zu überlassen, lass uns ein Taxi nehmen, das uns hinaufbringt in das menschenleere Dorf. Hinter den aufgelassenen Höfen richten wir uns ein. Zwischen Himbeersträuchern, Schlangenhäuten und Digitalis. Dahin kommt kein Engel.

48 M, Wien, Am Graben. – Was für einen poetischen Blödsinn schreibst Du mir. Anbei schicke ich Dir eine Kopie unserer Heiratsurkunde – und dann: Am Sonntag, den 4. 12., warte tatsächlich bei der Pestsäule auf mich. Ruf mich an, wenn Du dort bist. Ich nehme an, Heinrich wird, wenn er Dich sieht, Dich mit Deinen weichen Flaumhaaren, auch Dir einen Heiratsantrag machen. Aber das macht nichts. So ist er halt. Eine Marotte. Ich kann damit leben. Die Polin sagte, er habe ihr mit der österreichischen Staatsbürgerschaft zur Menschenwürde verholfen. Dass er sie dann doch nicht ewig haben wollte, kann sie ihm nicht verzeihen. Heinrich wird für Dich Spinat kochen und postomnibusgelbe Eier.

Das mit dem menschenleeren Dorf machen wir, jetzt noch nicht, aber ich werde jedenfalls für Dich da sein und auch dort.

Anlage: Kopie einer Heiratsurkunde

Erklär mir dieses Phänomen, meine Kluge: Heinrich stöhnt unter Kopfschmerzen, und mir bohren sie ein winziges Loch in den Schädel. Das ist doch so wie bei den Kühen, wenn sie einen Gasbauch haben. Da stechen sie mit einer Kuhnadel hinein, damit das Gas entweichen kann. Bei meinem Schädel, hoffe ich, ist alles Überflüssige verflogen. Himbeeren und Schlangen sehe ich im Traum.

49 I, Hannover, Ernst-August-Platz. – Es wäre mir schon peinlich, von Heinrich einen Heiratsantrag zu kriegen. Wie am Fließband. Wie hältst Du so etwas aus?

Das mit den Kühen klingt ja furchtbar!

Meine Eltern hatten Geißen, Hasen, Hühner und Katzen. Die waren meine Puppen.

Einmal kam eine unserer Katzen tagelang nicht nach Hause. Dann fanden wir sie tot. Mit einem Fisch im Maul. Den hatte sie noch kurz vor ihrem Draufgehen aus dem Bach geholt. Ich nehme an, die Katze wurde vergiftet. Meine Schwester und ich zerschnitten daraufhin Mamas schwarze Nylonstrümpfe. Die Streifen wickelten wir dann wie einen Trauerflor um den Oberarm.

Die Kopie Eurer Heiratsurkunde war nicht dabei.

Am Sonntag, den 4.12., hat mein Papa Geburtstag. In Dornbirn!

Jedenfalls stehe ich da nicht bei der Pestsäule.

50 M, Wien, Am Graben. – Das mit dem Trauerflor gefällt mir. Bei der nächsten Beerdigung, sei es Mensch oder Tier, werde ich das auch machen. Ich besitze noch etliche schwarze Nylons. Dass Du die Heiratsurkunde nicht bekommen hast, kannst Du der Katze erzählen. Die war in demselben Umschlag wie der Brief. Nicht in dem gleichen. In demselben!

Glaubst Du, ein Vogel hat die Kopie der Urkunde herausgepickt? Verarsch mich nicht!

Es hat keine Bedeutung, sollte Dir Heinrich einen Heiratsantrag machen. Ich bin auf dem Papier mit ihm verheiratet. Wir haben getrennte Schlafzimmer und nur ein einziges Konto. Ich bedeute ihm Ähnliches, was seine Mutter ihm bedeutet hat. Manchmal hat er einen Auszucker und ist ganz und gar Ödipus. Er wird Dir auf jeden Fall imponieren, sieht nämlich aus wie Arthur Schnitzler in den besten Jahren.

Sag mir, wann Du zu uns kommst! Schöne Grüße zum Geburtstag Deinem Papa.

51 I, Hannover, Ernst-August-Platz. – Da war nichts. Ich habe den Umschlag aus dem Müllcontainer herausgeholt und nachgeschaut. Wirklich. Da war nichts.

Im Grunde, liebe Freundin, ist es mir auch egal, ob oder mit wem Du verheiratet bist.

Was hast Du nur immer mit diesem Ödipus?

Du brauchst mir Heinrich nicht zu erklären. Selbst wenn er vom Himmel gefallen wäre.

Wie sah eigentlich Arthur Schnitzler in seinen besten Jahren aus? Wann sind die besten Jahre?

Als Jugendliche besuchte ich in Dornbirn die Musikschule. Mein Geigenlehrer liebte Western. Nach dem Unterricht erzählte er mir immer ganze Filme. Nur einmal hat er nicht über Cowboys und Indianer geredet. An dem Tag, an dem John F. Kennedy starb.

Dienstag in einer Woche besuche ich Euch. Ist das in Ordnung?

52 M, Wien, Am Graben. – Was ich mit Heinrich habe? Ich brauche einen, der mich verwöhnt. Mein ganzes Leben bin ich nicht verwöhnt worden, habe zu Weihnachten, zum Nikolaus, zu Ostern keine Geschenke bekommen. Irgendwann vor dem Tod müssen Geschenke eintreffen, weil sonst das Leben zu traurig ist. Wenn ich nur das Papier rascheln höre und die Bänder vor Ungeduld nicht entknoten kann, bin ich das glückliche Kind.

Ich habe mich in der Nacht zu erinnern versucht. Wie war das, als wir plötzlich keinen Kontakt mehr zueinander hatten? Ich wusste nichts von Dir, ich hätte Dich gebraucht. Mich hatte nämlich zu der Zeit mein zweiter Mann verlassen, war in eine kleine Wohnung gezogen. Er ließ sich verleugnen. Damals gab es noch kein Handy. Er nahm sein Telefon nicht ab. Ich wollte warten, bis er aus dem Haus käme, dann wäre ich ihm gefolgt. Ich saß bis zum Abend auf seiner Treppe, und er kam nicht. Ich hatte den ganzen Tag meine Kinder allein gelassen. Als ich dann nach Hause schlich, flogen sie mir entgegen und küssten mich. Ich holte sie zu mir ins Bett und weinte mich aus.

Dir sind die gebratenen Enten auch nicht zum Fenster hereingeflogen. Wie machst Du das nur, dass Du mit so wenig zufrieden sein kannst?

Getönte Lampenschirme meinen es gut mit uns Frauen. Ich freue mich sehr auf Dienstag in einer Woche.

Weißt Du, was ich beim Aufräumen gefunden habe? Fotos von Deinen Spatzen, mir ist vor Kleinkindersehnsucht beinahe das Herz auseinandergebrochen. Bald müssen wir unsere Spatzen zusammenführen und mit ihnen um ein Feuer tanzen. Bald, sehr bald!

53 I, Hannover, Ernst-August-Platz. — Meine erste Orange bekam ich mit acht. Sie war sauer, voller Kerne, und nachdem ich sie verzehrt hatte, war alles klebrig. Die hatte der Nikolaus mitgebracht. Wenn der kam, war jedes Mal auch der Krampus mit dabei. Der hatte eine Kette und einen Pferdefuß. Der Nikolo brachte aber auch Nüsse, Heller-Bonbons, Bensdorp-Schokolade, Kaugummi.

Den Kaugummi liebte ich über alles. In der Gemischtwarenhandlung war ich die Erste, die »Kakaogummi« kaufen ging. Kapeller, lachte die Verkäuferin, das ist kein Kakaogummi, sondern ein Kaugummi. Du weißt ja, Kapeller ist mein Mädchenname.

Ich bin nicht, wie Du schreibst, mit so wenig zufrieden.

Aber ein fast leerer Kleiderkasten und ein sauber abgewischter Holztisch beruhigen mich. Ich finde auf Anhieb, was ich anziehe, und mir fällt nie ein Glas um.

Es gibt Leute, die kaufen sich Berge von Geschirr. Aber essen tun sie immer nur, wie die Schneewittchenzwerge, von ein und demselben Teller. Ebenso verhält es sich mit Besteck, Kaffeetassen, Eierbechern, Butterdosen. Jeden Tag ein anderer Löffel, wer kommt da noch zur Ruhe?

Schon die kleinen Kinder werfen erstmal das ganze Spielzeug aus der Kiste, ehe sie sich selber hineinsetzen.

54 M, Wien, Am Graben. – Ich bin voller Neurosen und total zugemüllt von Erinnerungen bis in den Schlummer. Der Nikolaus steckte mich in seinen Sack, ich ging noch nicht zur Schule, ich hatte so schreckliche Angst. Wir wohnten damals auf der Tschengla, und unser Haus war am Waldrand und weit und breit das einzige. Meine Mama lief schreiend hinter dem Nikolaus her, und bevor er in den Wald eintrat, warf er seinen Sack ab, und ich kletterte heraus in die Dunkelheit. Meine Mama fing mich auf und trug mich nach Hause. Und als ich schon zwei Kinder hatte, ich war Anfang zwanzig, kam der Nikolaus und mit ihm der Krampus, ich wusste, wer es war, ein junger Bursch, der mir oft nachlief, er ging mit der Kette auf mich los, und mein kleiner Sohn schrie: Hilfe, Hilfe, und die kleine Tochter biss dem Nikolaus ins Bein.

Du hast ja so recht. Mein Kleiderschrank geht über, weil ich nichts wegschmeißen kann, ich besitze noch meine Schulfaltenröcke. Jedes Mal, wenn ich mir vornehme, für die Caritas einen Sack zu packen, schaffe ich es wieder nicht. Heinrich sagt, lass das doch alles, es sind alte Bekannte von dir, an denen musst du dich noch abarbeiten.

Er hat die Sachen aus meiner Zwergenwohnung abgeholt und in sein Schrankzimmer räumen lassen. Ich ziehe meistens die gleichen Sachen an, von denen ich zwei besitze, ist die eine Garnitur in der Wäsche, trage ich die andere und umgekehrt. Schwarze Hose, schwarzes T-Shirt, Wollsocken von Heinrich und seine Kaschmirjacke mit den Mottenlöchern. Wenn ich dann einmal ausfliege, zwänge ich mich in das teefarbene Hochzeitskleid, ob es nun in den Prater geht oder zum Billa, oder wenn ich Dich bei der Pestsäule abhole.

55 I, Hannover, Ernst-August-Platz. — Die Unruhe ist kein Privileg derer, die das von sich behaupten. Über die Erinnerung schneit es nicht.

War der Nikolaus echt? So einer, der Wunder wirkt, dass er Dich ohne fremde Hilfe in den Sack stecken konnte?

Auch unser Haus war am Waldrand und weit und breit das einzige. Es gab kein elektrisches Licht, das Trinkwasser holten meine Schwester und ich vom Brunnen am Bichl. Der Wildbach neben unserem Haus riss tote Rehe und anderes mit sich. Dann rauschte er so laut wie Dein Tinnitus.

Die Nacht war extrem schwarz und unser Plumpsklo weit draußen.

Noch mit zehn Jahren schliefen meine Schwester und ich bei unseren Eltern.

An der Nestwärme halte ich bis heute fest. Mir kann es mit meinen Kindern und meinem Liebsten nicht eng genug sein.

Liebe Freundin, wir kommen aus dem Wald. Wir sind Kobolde.

56 M, Wien, Am Graben. — Der Nikolaus war ein böser Mann, und solche habe ich in meinem Leben ein paar Mal getroffen. Die schwarze Nacht macht mir immer noch Angst. Gibt es Kobolde, die sich fürchten? So einer wäre ich dann. Ich wurde ins Klo gesperrt, wenn ich frech war, und ich war oft frech. Zum Glück gab es eine Tante, die mich mit der Leiter befreit hat. Ich war kein braves Kind, habe das Gesicht meiner Schwester mit Herbstzeitlosen eingerieben und ihren Teddy aufgeschlitzt. Viel gelogen habe ich, heute habe ich

Mitleid mit dem sperrigen Kind, das über einer Strafe sitzt und hundertmal schreiben muss, dass lügen eine Sünde ist.

Wahrscheinlich ist es die Nestwärme, die mich bei Heinrich hält. Er kümmert sich um mich. Er verspricht, dass ich wieder schreiben werde, dass ich auf die Tasten haue und die kleine Frau in mir sagen wird, was ich schreiben soll. Wenn es mir ganz schlecht ist, setzt er mich in die Badewanne, duscht mich vorsichtig ab, um die Apathie aufzulösen, trocknet mich warm, und ich darf unter seine Achsel. Für die Nestwärme gebe ich alles, was von mir verlangt wird, und hoffe gleichzeitig, dass nichts verlangt wird, weil das dann ja wieder nur ein Geschäft wäre. Und was ich will, ist die reine Zuneigung, trinken, essen, schlafen und dann sterben. Sitzen Deine Kindermäuse immer noch auf Deinem Computer? Schneide Vorarlberger Bergkäse in kleine Würfel und servier sie ihnen in einer Porzellanschale auf dem Fußboden. Lass mich wissen, ob Du gesund bist.

57 I, Hannover, Ernst-August-Platz. — Es gibt immer mehr Nikoläuse. Das ganze Jahr über. Wie Faschingskrapfen. Ich habe sogar schon am 1. Mai einen Nikolaus gesehen.

Wir wollten einander heute treffen. Oder gestern. Wann nun?

Zum Geburtstag meines Papas gab es Apfelstrudel. Ohne Rosinen. Soll ich Euch so einen mitbringen? Natürlich selbstgebacken.

Ich habe einmal einen Apfelstrudel gesehen, der war zehn Meter lang.

Als Kind liebte ich die Schlaraffenlandgeschichte. Ich stellte mir vor, wie ich mich durch den Grießbrei fresse.

Fleisch, Brot, Nudeln, Reis sind nicht so mein Ding.

Tee trinke ich lieber als Wein. Aber wenn es sein muss,

oder zur Feier des Tages, nippe ich auch an einem Veltliner. Selbst auf die Gefahr hin, dass sich mein Gesicht unmittelbar danach in eine Laterne verwandelt.

Ich hoffe, wenn ich Euch besuche, sitzt Du nicht mehr in der Badewanne!

Vorsichtig duschen, warm abtrocknen. Das kann dauern.

Ich fahre mit dem Taxi zu Euch.

Der Schneeregen klatscht soeben gegen mein Küchenfenster wie die aufgeworfenen Röcke der Cancan-Tänzerinnen bei Toulouse-Lautrec.

58 M, Wien, Am Graben. – Ich weiß wenig von Dir, nur die Erinnerungen aus unserer Kindheit sind mir geläufig. Ich weiß, dass Du nicht mehr mit dem Vater Deiner Kinder zusammen bist. Wer ist für Dich, was Heinrich für mich ist, oder etwas in der Art? Magst Du mit ihm zu uns fahren, falls es ihn gibt? Du sagst, Du willst mit dem Taxi kommen. Ruf mich vorher an, damit ich an die Haustür fliegen kann. Wir haben etwas viel Besseres als Veltliner. Heinrich meint, da werden wir Frauen gleich schweben, und ich sage, und Ihr Männer werdet auf den Boden genagelt wie Denkmäler. Habe ich Dir schon von Heinrichs Duftprogramm erzählt? Seinen Parfüms? Das hat mit seinem Mutterwahn zu tun. Er war ja noch so jung, als sie starb. Wahrscheinlich verbindet uns das Halbwaisentum. Jedenfalls hat er, nach einer genauen Beschreibung Deiner Erscheinung (wobei er am liebsten hat, wenn ich von Deinen Flaumfedern spreche), einen Duft für Dich kreiert. Mandarine und etwas, das er nicht preisgibt. Bin gespannt, wie Du es findest. Auch wenn er Dir ein bisschen komisch vorkommen sollte, krieg bitte keinen Lachanfall wie früher, weil ich dann gleich einstimmen muss, und dann ist der Abend versaut. Ich freue mich sehr, Dich (Euch) zu sehen.

59 I, Hannover, Ernst-August-Platz. – Du weißt Bescheid. Orange und Kaffee. Aber wie kriegt man das hin? Destilliert Dein Heinrich das aus alten Weibern?

Auch gefällt mir Orange als Farbe. Dunkelbraun passt zu meinen Augen. Hast Du Heinrich von meinen Brauen erzählt, die mir wie zwei kleine Eichhörnchen im Gesicht kleben? Links unter meiner Nase befindet sich ein Muttermal und sobald ich lache, purzelt mir ein Wangengrübchen entgegen.

Meine Lieblingsfarbe ist Altrosa. Das von Waldmüller und Segantini.

Sieht Dein Heinrich aus wie Giovanni Segantini?

Mein Heinrich heißt Jakob. Wie mein Opa.

Ich bin ihm in Wien begegnet. Mit Reinhard Priessnitz saß er in einem Bücherkeller.

Den wirst du lieben, sagte Reinhard.

Wovon redest du?

Von euch, sagte er.

Jetzt fällt mir eine Speise ein, die ich mag. Germknödel! Mit Zucker, zerlassener Butter und viel Mohn. Als säße man vor einem Ameisenhaufen.

Jakob steht auf Parfüm wie Dein Heinrich. Unser Bad ist voll davon. Einmal ist mir ein Flakon zerbrochen. Ich kriegte kaum Luft, die Augen tränten, und irgendwas war mit meinen Haaren. Sie waren plötzlich total trocken.

Als Kind reichte mir ein böser Mensch eine Flasche. Riech, sagte er, während er die Flasche aufstöpselte. Ich stürzte, als hätte mich jemand geboxt. Salmiak, lachte der böse Mensch.

Jakob schenkt mir wunderbare Bücher. Am liebsten mag ich es, wenn er sie davor gelesen hat. Wegen meiner zittrigen Hände. Er biegt die Bücher nämlich immer auseinander. Dann kann ich besser darin blättern.

60 M, Wien, Am Graben. – Reinhard Priessnitz habe ich auch gekannt, ein trauriger, überbegabter Mann, der viel zu viel getrunken hat. Ich wusste nie, was reden mit ihm, dabei hatte er etwas Zwingendes an sich, sodass man sich nicht gleich von ihm verabschieden konnte. Ich finde es traurig, dass er so früh schon gestorben ist. Und der also hat Dir Jakob vermittelt, auch einen Lyriker? Der Inhalt der Bücher ist mir wichtig, Heinrich steht auf Gebundenes und verabscheut Broschiertes.

Ich will alle Bücher, die ich besitze, auch lesen, zumindest habe ich mir vorgenommen, dass ich sie bis zu meinem Tod alle fertig gelesen habe.

Heinrich rechnet mir vor, dass das blanker Unsinn sei, wollte ich alle meine Bücher lesen, er hat ausgerechnet, würde ich acht Stunden am Tag lesen, müsste ich 215 Jahre alt werden. Er kann sich über mangelnde Logik aufregen. Wenn ich vor ihm sterbe, wird er alle meine Bücher entsorgen, weil sie so billig aussehen.

Soll ich bestimmen, dass er im Falle meines Ablebens Dir meine Bücher überlässt?

Das passt zu Dir, dass Du auf Mohn stehst. Würdest Du gern Opium ausprobieren? Das Allerschönste bei starken Schmerzen sind die Morphiumgaben, von denen man so gleichgültig wird, nie sonst bin ich in so einem idealen Zustand.

Das mit den alten Weibern als Destillat für Heinrichs Parfüm will ich überhört haben. Du bist eine Giftschlange. Als Gemeinheit gebe ich Dir die Farbe Altrosa zurück, sie ist die absolute Greisenfarbe. Ich stehe auf Eisblau und Orange, Purpurrot und Tiefseeschwarz. Plagen Dich oft Allergien? Wie geht es Dir mit Katzenhaaren? Besteht keine Möglichkeit für uns zwei, dass wir uns in einer Nacht sinnlos betrinken? Manchmal ist das nämlich notwendig, dass der inwendige Dreck desinfiziert wird. Ist doch verrückt, dass wir

Frauen Parfüm liebende Mannsbilder haben. Sollte es nicht umgekehrt sein? Liebst Du auch Werkzeuge wie ich, Hammer und Franzose und Schraubenzieher?

Wir schreiben einen ganzen Roman und haben uns noch nicht getroffen. Ich habe Angst, dass wir uns nie treffen, dass unsere Arme einfach zu kurz sind.

61 I, Hannover, Ernst-August-Platz. – Liebe Freundin, wir sterben erst übermorgen, nicht morgen.

Heute nehme ich keine Rücksicht auf das Wie oder Was, das ich Dir antworte.

Fieber, Halsweh, Husten.

Vor zwei Jahren habe ich mir während eines Hustenanfalls mehrere Rippen gebrochen.

Nachdem der Orthopäde mir das diagnostizierte, dachte ich, er macht sich über mich lustig. Liebe Frau, sagte er, Husten ist Schwerstarbeit für Ihre Hardware.

Reinhard Priessnitz hat Jakob und mich zusammengebracht. Aber Jakob ist kein Lyriker.

Wie wunderbar! Jeder Schmerzgeplagte erhält Morphiumgaben! Aber die Pharmaindustrie wird das nie zulassen. Damit macht sie kein Geschäft.

Altrosa steht mir nicht. Mein Teint sieht dann aus, als wäre ich zuerst in die Regentonne gefallen und danach aus einem Mehlsack gekrochen.

Aber es beruhigt mich.

Meine Mama, heuer einundneunzig geworden, kauft sich nur knallrotes Gewand.

Sie ist gütig, humorvoll, hat schwarze Augen und warme Hände. Handschuhe sperren sie ein. Sie will im Frühling sterben, sagt sie. Auf der Wiese. Damit sie dabei auch genug Luft kriegt.

In der eiskalten Dezembernacht willst Du Dich mit mir betrinken? Du hast Nerven! Sollen wir dann wie zwei Katzen auf dem Dach hocken?

Mit Werkzeugen kann ich nicht umgehen. Schon vom Anblick eines Hammers oder Schraubenziehers kriege ich blutige Zehen.

Was redest Du da, wir schreiben einen ganzen Roman und haben uns nie getroffen.

Noch letzte Woche waren wir in einem Dornbirner Café. Du hast Tee bestellt, ich Espresso.

Was wird aus dem versprochenen Essen und der Überraschung?

62 M, Wien, Am Graben. – Ja, das war so eine Anwandlung von mir, nimm es nicht ernst. Ich denke jeden Tag über den Tod nach. Das hat Gründe, über die ich nicht sprechen will. Deine Mama muss eine wunderbare Frau sein. Besitzt sie auch einen roten Regenschirm? Könnte ich nur wie Du verherrlichen!

Beinahe alles ist gültig, was ich geschrieben habe, das mit der Überraschung, das mit dem Essen. Wieso sollen wir uns nicht betrinken, ich meine natürlich auf dem weichen Teppich in der warmen Wohnung. Wir müssen dann nur umfallen, und die Nacht kann sich über uns wälzen. Heinrich, wie ich ihn kenne, wird hereinschleichen, uns zudecken, die leeren Gläser und die Flaschen in die Küche tragen. Wird Jakob dabei sein? Was hat er für einen Beruf? Ich habe ein gutes Rezept für Deine Beschwerden: rohes Eigelb in Ahornsirup und mit Whisky aufgeschäumt, lauwarm, in kleinen Schlucken getrunken, das wirkt. Welch ein Dezemberwind kam mir entgegen, als ich auf die Straße trat. Menschen mit Geschenken unterm Arm gingen an mir vorüber, denen, die am teuersten aussahen, stellte ich ein Bein, da fielen die Geschenke aufs Eis und rutschten davon.

Was wirst Du tun, wenn der Hahn dreimal kräht? Du verwechselst Realität mit Fiktion, das hat zur Folge, dass ich mich nicht auskenne.

63 I, Hannover, Ernst-August-Platz. – Rohes Eigelb! Ich bin doch kein Fuchs.

Aber wenn es nicht besser wird, schlucke ich das.

Schaue ich aus dem Fenster, richtet sich die Vormittagssonne von der gegenüberliegenden Glasfront auf mich wie eine grelle Waffe.

Heute ist der dritte Advent. Vor einer Woche waren die kleinen Mäuse da. Davide und Martha. Könnte ich sie nur umgeben mit einer Schutzhülle!

Meine Mama besitzt überhaupt keinen Schirm. Oder sie lässt ihn zu Hause, weil sie nicht weiß, wohin damit, wenn er nass ist.

Ich war noch nie betrunken. Außer mit vier. Es war Kirchtag, alle saßen um den großen Tisch. Da muss ich wohl die Neigen getrunken haben.

Warum hast Du den Leuten die Weihnachtsgeschenke kaputtgemacht?

Jakob versucht Leuten zu helfen, deren Welt aus den Fugen geraten ist. Und er ist Musiker.

Mein Husten wird immer stärker.

Obwohl ich keinen Whisky trinke, habe ich immer welchen da.

Im Süden der schottischen Isle of Islay gibt es eine Distillery, die sehr ausgefallenen Whisky brennt: Laphroaig. Angeblich bedeutet der Name »Schöne Niederung« oder auch »Schöne Höhle an der breiten Bucht«. Wird man zu einem der »Friends of Laphroaig«, bekommt man auf Lebenszeit die Pacht für einen Quadratfuß des Landes, das zu der Distillery gehört.

Ahornsirup habe ich keinen da. Vor Jahren habe ich so viel Pancakes mit Ahornsirup verschlungen, dass ich davon kotzen musste.

Leider huste ich immer heftiger, und das Fieber steigt. Davon werde ich seltsam taub. Als befände ich mich in einem schalldichten Raum. Nichts dringt mehr von draußen zu mir durch. Aus dem Off höre ich dann Geräusche und zerfetzte Stimmen.

Ein Kardiologe hat zu mir einmal gesagt, wenn er es sich aussuchen könnte, würde er am liebsten unter Fieber sterben.

64 M, Wien, Am Graben. – Ich habe als Kind Kaffeereste getrunken.

Weißt Du, die Wohnung von Heinrich ist vornehm, und seit ein paar Tagen vermisse ich mein Zimmer mit Küche in der Haberlgasse in Ottakring. Die Wände waren ziemlich abgelebt, und so habe ich sie vollgepflastert mit Bildern, eins nach dem anderen, Fotos, Zeitungsbilder, alles, was mir gerade wichtig erschien, persönliche Zeitdokumente, fremde Gedichte. Einmal habe ich das Musil-Stipendium erhalten und jeden Monat gut Geld bekommen. Da müsste ich noch alles Geld auf einem Konto haben, aber ich weiß nicht mehr, auf welchem, so also kommen die Banken zu ihrem Geld. Die Wohnung hat Heinrich räumen lassen, und er sagt, meine Sachen sind in einem Kontor, ich kann sie am Freitag anschauen. Würdest Du mitgehen? Ich habe auf einmal Angst, in mein altes Leben einzutauchen, Angst habe ich deshalb, weil ich wieder in das alte Leben zurückwill oder vielleicht nicht zu hundert Prozent, aber sicher doch zu siebzig Prozent. Was soll ich nur machen? Ich habe einen Ehevertrag unterschrieben. Ich konnte aus meinem neuen Leben schon Überweisungen an meine Kinder ausführen und für meine Enkel naturgetreue Plüschtiere kaufen, Schwein, Affe, Hase und Bär. Was soll ich nur machen? Die Sachen sind alle in Mullsäcke hineingepackt worden, weil ich keine geeigneten Behälter dafür hatte. Ich bin verzweifelt. Hörst Du. Ich bin verzweifelt. Ich müsste das eigentlich in Großbuchstaben schreiben, aber Heinrich sagt, Großbuchstaben zu lesen ist schwierig, weil man nie Großbuchstaben liest, also schreibe ich Dir in normaler Schrift: Ich bin verzweifelt! Ich finde nicht mehr in mein altes Leben hinein, noch finde ich mich in mein neues Leben wieder zurück. Sag mir, was ich tun soll. Hättest Du nur keinen Jakob, dann könnten wir zu zweit ein neues Leben beginnen. Macht er Dich glücklich? Wie viele Fehler hat er? Steigt er Dir auf die Zehen? Ich brauche Harmonie. Ich brauche Heimat auf einem Sofa. Ich krieche jetzt gleich unter Heinrichs Achsel, die rechte, damit ich sein Herz nicht so laut klopfen höre, ich denke mir, das ist gut so, er ist ein guter Mann, er hält die Hand über mich.

Verzeih mir, ich bin ein Egoist, ich habe Dich nicht gefragt, wie es Dir geht, ob Du auf Dich aufpasst, ob Du genügend Medikamente hast, ob Dein Arzt sich auskennt, ob Jakob Dich gesundpflegen kann.

Ich will ja, dass Du glücklich bist, Du sollst es gut haben und nicht immer so an der Klippe stehen, Dein Mann soll auch Dein Freund und Beschützer sein und Dein Schmeichler und Seligmacher.

65 I, Hannover, Ernst-August-Platz. – Die Neigen, die wir als Kinder getrunken haben, bedeuten, dass wir eines Tages nicht unter den Tisch, sondern in den See fallen. Und dann tauchen wir auf. Zwei große, silbrige Boote.

Ich begleite Dich am Freitag zu Deinen eingelagerten Sachen.

Immer sagst Du, dass Du in Dein altes Leben zurückwillst. Oder auch nicht. Oder vielleicht doch. Liebe Freundin, das zerrissene Huhn finde ich tausendmal schöner als den Sonnenuntergang.

Mir sind sämtliche Wohnungen, in denen ich einmal gelebt habe, nachgewachsen. Ich kann mich in zwei Wörtern beschreiben. Das Gehäuse.

66 M, Wien, Am Graben. – Es hat sich wieder alles um Grade gedreht, Heinrich sagt mir eben, im Kontor sei ein Brand ausgebrochen und die Versicherung lässt anfragen, wie hoch die Werte sind, die dort gelagert waren. Ich bin ausgeflippt, habe seine heiligen Parfümflaschen auf den Boden gefegt, nicht alle sind zerbrochen. Die Augen tränen mir von diesem süßlichen Gestank. Heinrich war gelassen, hat mich an der Hand geführt wie eine Verbrecherin und ins Bett gebracht. Ich bin gleich wieder aufgesprungen, weil ich den Geruch von mir abwaschen wollte. Mit Essig vielleicht, Essig beseitigt Gerüche. Heinrich hat mich im Schlafzimmer eingesperrt, hat sich selber ins Wohnzimmer gelegt. Ich überlegte allen Ernstes, ob ich aus dem Fenster springen sollte, aber das war mir dann doch zu riskant. Was, wenn ich nicht tot wäre? Es ist jetzt mitten in der Nacht, und ich warte, bis der Schlüssel umgedreht wird. Ich möchte das Haus verlassen. Kann ich zu Dir kommen? Bist Du allein? Ich komme nur, wenn Du allein bist.

Alles, was Du schreibst, klingt wie Poesie, ich dagegen wälze mich im Werktag.

67 I, Hannover, Ernst-August-Platz. – Immer betonst Du, wie Du auf der Klippe stehst, wie Du Dich im Dreck wälzt, wie Du weißt, wann Montag ist!

Nimmst Du an einer Olympiade teil oder lässt Du auch noch zu, dass andere weinen?

Nachdem ich Dir gestern gemailt hatte, schaltete ich den PC aus und ging schlafen. Darum kann ich Dir erst heute antworten.

Du brauchst mich nicht zu fragen. Sobald es brennt, komm! Die Wohnung kennst Du. 72 Quadratmeter.

Mit Essig kriegst Du diese Gerüche nicht weg! Eine Zeitlang wirst Du damit leben müssen.

Vor neun Jahren, ich wollte gerade ein Geschäft betreten, fiel vor mir ein Mann vom Himmel.

Um ein Haar hätte er mich getötet.

Bis heute ist ungeklärt, ob der junge Mann gestoßen worden ist oder ob er Selbstmord begehen wollte.

Als er unten war, hörte ich seine Knochen brechen. Er hat noch ein paar Minuten gelebt.

Betrete ich seitdem ein Einkaufszentrum, schaue ich zuerst zum Dach hinauf.

68 M, Wien, Am Graben. – In der Natur wird gemordet.

Das vom »Schiefen ins Gerade« ist eine schwierige Balance, ich war immer eine Niete auf dem Schwebebalken.

Ich schalte meinen Computer nie ab. Ich will, dass er Zeit für mich hat und lauwarm wie ein Gehirn ist. Mein Ego ödet Dich an, aber dass Du gar keines hast, ist mir unheimlich. Ist

Deine Stimmung nur ausgewogen? Reißt Du Dich nie an den Haaren? Kratzt Du Dir nie eine Wunde auf? Du hast Schmerzen, wahrscheinlich viel mehr als ich. Wie kommst Du damit zurecht? Ich trage den Schmerz wie einen Tabernakel vor mir her.

Ich kann ihn nicht akzeptieren. Das ist ein Kampf und ein Krampf dazu. Ich bin eine Cholerikerin, das ist Dir doch nicht neu. Muss ich Dir meine guten Seiten aufzählen? Pünktlichkeit, Sauberkeit, Anhänglichkeit, keitkeit, keitkeit, Schüchternheit. Wenn ich Dich steche, blutest Du nicht? Ich werde, solange ich auch lebe, nie mit mir klarkommen. Das könnte auch so interpretiert werden: Ich bin nicht zufrieden mit mir, ich möchte alles besser machen, fast fehlerlose Menschen machen mir Angst. Heinrich ist auch so ein Fastfehlerloser. Das schränkt unheimlich ein. Ich will meine Schätze auspacken und herzeigen und teilen, will nie, dass etwas nur für mich allein funkelt. So, das ist Eigenreklame für Deine alte Freundin. Solltest Du die Fetzen plakatieren, schreib keine Organisation darunter, nie nämlich werde ich einer solchen angehören.

Du hast mir nicht gesagt, ob Jakob da sein wird, wenn ich komme. Ich kann nur zu Dir, wenn Du allein bist. Sag nicht, er ist nicht da, und er ist da, und er versteckt sich im Kasten, und er macht sich ein Bild von mir, und er redet Dir mich aus.

Gerade sagt mein Prinzip zu mir, dass ich nicht so stur sein soll.

Alles kann geschehen, ganz gleich welcher Natur, und wenn sich ein Mensch als Schaf verkleidet, soll das so sein.

69 I, Hannover, Ernst-August-Platz. – Der Mann ist vom Dach des Einkaufzentrums gestürzt. Direkt vorm Haupteingang.

Viele Leute, vor allem Schüler, waren da. Das Gymnasium liegt in unmittelbarer Nähe.

Sie alle wurden psychologisch betreut. Ich rannte weg. Wollte auch keine Zeugenaussage machen. Was hätte ich sagen können? Ein großer Schatten kam von oben? Heute noch gerate ich in Panik, sobald in einem Film jemand vom Balkon oder aus dem Fenster stürzt.

Schmerz mag ich weder zeigen noch mich dagegenstemmen. Er verschwindet ja nicht davon.

Seltsame Angewohnheiten, Du nennst das Fehler, werde ich einfach nicht los. Wie sehr ich mich auch anstrenge. Das Schlimmste ist, zu allem stets die Gegenposition einnehmen zu müssen. Das hab ich von meinem Papa. Der treibt das auf die Spitze.

Jakob wird da sein oder nicht. Dich mir ausreden! Was für eine Idee!

70 M, Wien, Am Graben. – Es verhält sich so: Die Sachen im Kontor sind zur Gänze verkohlt, Heinrich hat der Versicherung eine saftige Aufstellung gemacht, ich hätte das einfach so laufen lassen. Was nützt mir das Geld, die Sachen bekomme ich nicht mehr. Glaubst Du, ich soll mich damit anfreunden, dass die Vergangenheit verbrannt ist? Du sagst mir nicht definitiv, dass Du allein bist, folglich kann ich Dich auch nicht besuchen. Solltest Du aber zu uns kommen, freue ich mich, entweder Du nimmst Dir ein Taxi oder Du wartest an der Pestsäule. Oder ist es Dir lieber, wenn nur wir zwei spazieren gehen, vielleicht zum Friedhof der Namenlosen, das ist ein guter Platz. Oder willst Du lieber in der Innenstadt in einem Café sitzen. Magst Du Punschtörtchen? In der

Aida gibt es die besten. Wir könnten ein paar Buchhandlungen abklappern, ein paar Antiquariate. Sag mir, was Du möchtest. Heute habe ich ein Risotto gekocht, Heinrich hat mit Vorsicht gegessen, er traut mir keine richtige Speise zu, findet, was ich zubereite, proletenhaft. Werde in Zukunft wieder vergoldete Kartoffeln und rubinrote Blutwurst essen.

Kann nicht schlafen, kann nicht schlafen, wälze mich im Bett, einmal ist mir kalt, dann wieder heiß, in meinem Kopf ist ein Messer, und das sticht und schneidet und sagt mir, was ich alles falsch mache und wie ich es morgen richtig mache. Bilder von meinen Toten fallen mir ein, es sind schon viele, ich stelle mir ihre Särge in Heinrichs Wohnung vor, sie passen gar nicht hinein, meine Mama, mein Papa, mein Kind, mein Bruder, mein Freund, der Musiker, Eleonore hat sich ertränkt, Kurt hat sich erhängt, Susi ist an einer Überdosis gestorben. Aufhören, bitte aufhören!

71 I, Hannover, Ernst-August-Platz. – Das ist schlimm, dass die Sachen im Kontor schwarz geworden sind. Darüber wäre ich auch traurig. Geld ist kein Ersatz.

Die Vergangenheit verkohlt nicht. Sie verbrennt Dich wie das olympische Feuer. Es sei denn, Du erkennst eines Tages Dein eigenes Spiegelbild nicht mehr.

Treffen wir einander im Café?

Klamotten kaufen ist nicht mein Ding. Ich mag immer dasselbe Gewand. Schwarzer Pullover. Flattriges Kleid. Derber Schuh.

Was ist eine proletenhafte Speise?

Früher hast Du weit und breit den besten Salat gemacht. Frühlingszwiebeln, Radieschen.

In meiner Kindheit gab es zu Hause viel Polenta. Die

wurde zu allem gereicht. Fleisch mochte ich nicht. Es gab Krensoße. Erdäpfel in tausend Zubereitungsformen.

Zum Erdäpfelklauben aber brachten mich keine zehn Pferde. Einmal blies ich so viele gelbe Luftballons auf, dass diese auf mein Gesicht abfärbten. Ich rannte auf den Acker zu meiner Mama. Wegen Gelbsucht kann ich heute keine Erdäpfel klauben! Soso, sagte meine Mama, da musst du aber sofort ins Bett! Und kannst später überhaupt nicht mit zum Kaschperle.

Wie ein Pfeil rannte ich zurück und wischte mir mit Niveacreme das Gesicht sauber.

72 M, Wien, Am Graben. – Als ich in der Nacht nicht schlafen konnte, habe ich so eine Lust zum Rauchen gehabt, dass ich sämtliche Schubladen durchwühlt habe. Ohne Erfolg. Heinrich war beim Frühstück ziemlich vorwurfsvoll, aber für meine Begriffe zu leise, so habe ich ihm befohlen zu schreien, um seine Aggressionen loszuwerden. Stell Dir vor, er kann nicht schreien. Er sagt, weil er aus keiner Schreifamilie kommt. Stimmt, Salate kann ich gut, und sie schmecken mir auch. Ich suchte im Garten alles ab und verwendete die verschiedensten Pflanzen. Giersch liebte ich besonders. Jetzt habe ich ja keinen Garten mehr, was traurig ist. So ein Garten birgt die schönsten Freuden.

Was für ein Café schlägst Du vor?

73 I, Hannover, Ernst-August-Platz. – Liebe Freundin, treffen wir einander im Café Eiles an der Josefstädter Straße. Ist lang her, seitdem ich dort war. Zwanzig Jahre. Wie aus einer anderen Zeit.

Als wäre ich in Wien in einem strengen Winter vereist.

Als meine Kinder vier und sechs Jahre alt waren und zum ersten Mal sahen, wie Würmer in auftauenden Himbeeren aus dem Gefrierfach sich plötzlich zu bewegen anfingen, waren sie total aus dem Häuschen.

Im Märchen *Dornröschen*, erklärte ich, hätte man vergessen, die Würmer zu wecken.

Daraufhin musste ich sämtliches Obst aus dem Gefrierfach holen.

Liebe Freundin, auch ich kann nicht schreien. Das habe ich noch nie gekonnt. Mir versagt dabei einfach die Stimme.

74 M, Wien, Am Graben. – Josefstädter Straße, da habe ich einmal einen Roman von mir spielen lassen, außerdem wohnt da ein Chinese, der mich massiert hat. Jedes Mal vor der Behandlung hat er sich verbeugt, hat mir Tee angeboten und mir beide Hände gehalten. Nach der Therapie hat er mir Gingseng-Schnaps angeboten, einmal haben wir je drei Gläser hintereinander getrunken, es war am Vormittag. Ich hatte dann Schwierigkeiten, die Treppen hinunterzusteigen, es sind sehr viele, er wohnt nämlich im sechsten Stock, und Lift gibt es keinen. Ich bin dann mit der U2 zum Karlsplatz und dann mit der U4 in die Kettenbrückengasse zum Naschmarkt gefahren. In der U-Bahn saß mir ein Mädchen gegenüber – etwa neun Jahre alt, weißblonde Haare, wässrige Augen – es starrte mich an, ich konnte es kaum aushalten, hielt aber dem Blick stand. Plötzlich berührte es mich an der Hand und sagte auf Wienerisch: »Kannst du mir fünf Euro leihen?« Ich griff automatisch in meine Tasche und gab ihm das Geld. Es bedankte sich nicht.

Bin gespannt, wie Du jetzt aussiehst, ob Du Dich verändert hast, ob das mit den Flaumhaaren noch stimmt.

75 I, Hannover, Ernst-August-Platz. – Ich sehe nicht anders aus als beim letzten Mal. Die Haare sind länger. Aber eine »Frisur« trage ich immer noch nicht.

Dass sich, wie Du schreibst, Chinesen verbeugen, ehe sie mit der Massage beginnen, ist bekannt.

Ich kenne eine Frau, die erzählt, dass ihr Masseur vor jeder Behandlung eine Zeitlang auf der Toilette verschwindet. Das gehört zu seinem Ritual. Dann kommt er zurück, verbeugt sich und beginnt mit der Therapie. Anfangs, sagt sie, hat sie das irritiert.

Das Wintertief »Joachim« hat soeben die Balkontür aufgeschleudert. Der Wind wirft alles auf den Boden. Wir wohnen im fünften Stock. Jakob ist nicht zu Hause. Ich weiß gar nicht, was ich tun soll. Hier ist der Teufel los.

Ich melde mich gleich wieder.

Die Balkontür ist im Eimer, die bring ich nicht mehr zu. Die Bücher, die CDs, alles ist vom hereingewehten Schneeregen ganz nass. Ich warte auf Jakob. Aber vor Weihnachten ist in der Stadt viel los.

76 M, Wien, Am Graben. – Gestern hat mir ein Freund, der in einem Behindertenheim arbeitet, folgende Geschichte erzählt: Die Leiterin, eine verheiratete Frau mit erwachsenen Kindern, hat sich vor versammelter Mannschaft geoutet und erklärt, dass sie lesbisch sei. Sie habe es deshalb gemacht, weil sie nicht wolle, dass hinter ihrem Rücken geredet wird. Alles war nach ihrer Eröffnung still. Da ist mein Freund zu ihr hingegangen und hat ihr gratuliert: »Super, Maria, ich kann dich verstehen.« Und Maria: »Wieso? Bist du schwul?« Und mein Freund: »Nein, aber ich liebe auch die Frauen.«

Wir haben uns auf einem Konzert getroffen. Es war so

laut, dass mir beim Hinausgehen schwindlig war. Ich dachte, gleich flieg ich in den Schnee.

Gerade habe ich gehört, dass Václav Havel im Bett gestorben ist. Ich glaube nicht, dass Dichtung die Welt besser machen kann, aber ein Dichter, nämlich er, hat es gekonnt. Ich schicke ihm Grüße hinauf.

77 I, Hannover, Ernst-August-Platz. – In Bournemouth war ich vor Jahren auf einem Konzert der Dubliners. Unter den Zuhörern befand sich eine Gruppe Taubstummer, die die Musik über das Vibrieren des Bodens wahrgenommen haben. Von dieser Gruppe ging eine Begeisterung aus, die mich total mitriss.

Wo war es so laut, dass Dir davon schwindlig wurde?

Ich habe einmal siebzig Akkordeonspielern zugehört. Danach hatte ich einen Hörsturz und musste für zehn Tage ins Krankenhaus. Seitdem besuche ich kein Konzert mehr ohne Ohrstöpsel.

Das ganze Jahr über trinke ich keinen Alkohol. Aber sobald der erste Advent da ist, überfällt es mich. Ich trinke kannenweise Glühwein. Danach fühle ich mich völlig entspannt. Gott sei Dank kriege ich davon nicht Kopfweh. Hast Du gewusst, dass Glühwein zur Hälfte aus Weißwein besteht? Meine Mama würde nie einen fertigen aus dem Supermarkt kaufen. Der taugt nicht einmal zum Füßewaschen, würde sie sagen.

Liebe Freundin, das Sturmtief ist abgezogen, der Schnee weg, die Wohnung eiskalt.

Heute ist vierter Advent.

Jahre ist es her, ich habe Dir das damals erzählt, da bin ich an einem Rastplatz auf der Autobahn aus dem Auto geworfen worden.

Ich hatte kein Geld und wollte heim. Von Frankfurt/Main nach Dornbirn. An einer Tankstelle habe ich jemanden gefragt, ob er mich mitnehmen kann. Der Mann verneinte und fuhr los. Kam dann aber wieder zurück. Wohin wollen Sie? Nach Vorarlberg, sagte ich. Einsteigen, sagte er. Bis Stuttgart nehme ich Sie mit.

Während der Fahrt redete er kein Wort. Hörte immerzu Elvis. Genervt von *Kiss Me Quick, It's Now or Never* oder *Always on My Mind*, fragte ich den Mann, ob er die Elvis-Kassetten von seiner Mutter hätte. Du blöde Fotze, brüllte er. Gleich steigst du aus!

Um zwei Uhr morgens warf er mich aus dem Wagen. Dann schrie er noch, dass ich mein Testament machen könne, sollten sich unsere Wege jemals wieder kreuzen.

78 M, Wien, Am Graben. – Ich verliere an Elan – wie meine Waschmaschine – Pulver klebt an mir. Gehe ich durch den Regen oder Schneeregen, beginne ich zu schäumen. Ich hatte früher schöne Weihnachtsbäume, vollgehängt mit Krempel, so viel, dass man kaum noch den Baum sah.

Heiliges Gefühl begleite mich, ein bisschen nur.

Das Wichtigste habe ich gar nicht erzählt. Diese Vorbereitungen finden alle im Freudenhaus von Heinrich statt. Das liegt in der Nähe von Hütteldorf im Grünen. Heinrich will nicht dabei sein, wenn meine Leute kommen. Merkwürdig, wo er sich so gern von den Kindern erzählen lässt. Ich glaube, er hat Angst, dass man ihn nicht mag. Einmal sagt er, ja, ich werde da sein, ein andermal, nein, ich kann nicht. Jedenfalls hat er mir gut eingeheizt – ein feiner Kachelofen steht da, Holz hat er bereitgestellt, den Kühlschrank aufgefüllt und mir den Christbaum gebracht. Er will mir noch Christbaumschmuck vorbeibringen. Bin gespannt, ob er dann am

Heiligen Abend auftaucht. Ich freue mich so sehr auf meine Schätze! Schade, dass Du nicht auch dabei sein kannst (Du mit Deinen zwei Flöhen).

79 I, Hannover, Ernst-August-Platz. – Vollbehangen mit Christbaumkugeln, Strohsternen und Lametta, steht der Baum am 24. Dezember da wie ein dicker König! So etwas gibt es nirgendwo sonst auf der Welt. In der kalten Jahreszeit tragen Leute Bäume in die Häuser und, anstatt sie zu verheizen, zünden sie darauf Kerzen an.

Als die Kinder noch klein waren, habe ich Bienenwachskerzen gekauft. Die haben extrem gestunken, und danach hatten wir alle Halsweh.

Geschenke verpacken ist mein Ding auch nicht. Habe ich endlich eine Ecke verpackt, rutscht garantiert an der anderen Ecke wieder alles heraus. Ebenso verhält es sich, wenn ich Kekse backe. Alle schwarz.

An Feiertagen zünde ich deswegen am liebsten Kerzen an. Voller Inbrunst. Wie der heilige Zampano. Weihnachten rote, Ostern gelbe. Zum Geburtstag die orange Ein-Kilo-Kerze.

Liebe Freundin, langsamer laufende Waschmaschinen geben immer dann den Geist auf, wenn man verreisen will. Sie fangen dann so seltsam an zu hüpfen. Und dann heißt es rien ne va plus.

Hat das etwas mit dem Alter zu tun? Auch an mir klebt immer Waschpulver.

Das habe ich mir schon gedacht. Du bist über Weihnachten in Heinrichs Haus. Schade, dass wir nicht alle mit den Kindern dort sein können. Die Mäuse unter dem Weihnachtsbaum! Was für ein Gewusel, Gesause und Durcheinander. Die Geschenkpapierfetzen fliegen durch die Gegend, und überall liegen Goldschnüre herum wie kleine, aufgerichtete Schlangen.

Heinrich und Jakob lesen den Kindern Geschichten vor.

Ich mag Kachelöfen. Auch die alten, weißen Herde, die man selber heizt.

Dabei können einem im Winter schreckliche Dinge passieren. Es ist heiß, man reißt die Tür auf, und durch die rasche Abkühlung kracht das Ofenrohr herunter.

Mir ist das passiert. Ein Knall! Ich dachte, mein Körper sei weg. Gebrannt hat es nicht. Aber alles war voll Ruß.

80 M, Wien, Am Graben. – Im nächsten Jahr feiern wir, wenn die Welt nicht untergeht. Heute hat mir die Polin gesagt, sie wolle sich nichts mehr anschaffen, weil im nächsten Jahr die Welt untergeht. Sie wolle viel beten und noch Gutes tun, weil sie nie Gutes getan hätte, und sie wolle ein guter Mensch werden, damit sie noch die Chance hätte, in den Himmel zu kommen. Sie habe Heinrich bestohlen, ohne bemerkt zu werden, Briefe abgefangen und gelesen, sie wolle ihm alles beichten und sich dann in die Donau stürzen. Sie fragte mich, was ich zu tun gedenke. Ich fragte sie, ob sie mir das genaue Datum des Weltuntergangs sagen könne, denn dann wolle ich mich auch darauf einstellen. Habe dann Heinrich davon erzählt, er hat sich darüber so aufgeregt und sich ans Herz und dann an den Kopf gegriffen, es war, als gebe er seinen Geist auf. Ich habe ihm Whisky eingeschenkt, das hat ihn dann ganz schön belebt, und wir hatten noch einen smarten Abend.

81 I, Hannover, Ernst-August-Platz. — Wenn ich morgen wieder in der Eisplatzgasse in Dornbirn meine Schwester besuche, serviert sie mir meine Lieblingssuppe. Grießnockerln. Dann reden wir über unsere Kindheit. Aber meine Schwester erzählt sie jedes Mal anders. Das finde ich idiotisch. Doch am Ende lachen wir wie verrückt und fühlen uns happy wie nach einer anstrengenden Bergtour.

Mit meiner Mama spiele ich Karten, und mit meinem Papa rede ich über den Weltraum. Die unendlichen Weiten.

Aber es kommt auch vor, dass wir kein Wort miteinander reden, schon gar nicht über das, was kommt. Und ich nur glücklich bin, bei ihnen zu sein. Wie ein kleines Lamm. Und das mit vierundsechzig Jahren!

Am Karren liegt Schnee. Die Heiligen Drei Könige kommen die Straße herauf. Und überall krachen Silvesterknaller.

82 M, Wien, Am Graben. — Dann bist Du ja wieder weit weg von mir, so tief im Westen, wo das Geistervolk regiert. Wann sehe ich Dich in Wien? Ich bin mit den Kindern im Freudenhaus, jetzt wieder allein. Heinrich ist doch am Heiligen Abend vorbeigekommen, hat sich mit dem Taxi bringen lassen, kam an in seinen vornehmen Sachen mit Geschenken unter dem Arm, der Taxler brachte den Rest noch herein, weil Heinrich nicht alles tragen konnte. Die Kinder waren überfordert und haben Heinrich mit ihren Glanzaugen angestarrt. Anton hat ihn gefragt, ob er wisse, dass das Christkind auf die Welt gekommen sei, und ob er wisse, dass es aus Holz sei. Die Kinder sind auf dem Teppich eingeschlafen, über ihren Geschenken, teils noch eingepackt. Heinrich und ich lagen auf dem Sofa, ich war nach einigen Gläsern Whisky ziemlich angetrunken, aber angenehm. Heinrich hat am nächsten Tag ein feines Frühstück gemacht. Die Kinder wollten, dass er wieder geht. Er hat es gemerkt, ohne dass darüber gesprochen wurde. Ich bin jetzt mit den Kindern bis Silvester noch hier. Dann holt uns Heinrich ab, bringt die Kinder zum Bahnhof, und alles geht seinen Gang.

83 I, Hannover, Ernst-August-Platz. – Es ist vier Uhr morgens. Du sitzt in Heinrichs Haus am Fenster zum Hof. Im Gebäude gegenüber geschieht ein Mord. Eine Frau. Erwürgt von einem Gentleman, heißt es.

Du glaubst das Umdrehen eines Wohnungsschlüssels gehört zu haben. Heinrich ist ein guter Mensch, sagst Du. Wirklich! Er ist ein guter Mensch!

Aber vielleicht, meine Freundin, bist Du ihm zu viel geworden. Dein Heinrich braucht Ruhe. Und für sich allein einen Raum, der größer ist als ein Golfplatz.

Ich weiß nicht, ob ich im Jänner nach Wien kann.

Ich bin nicht weg von Dir. Haben wir uns nicht als Kinder den Koboldschwur geschworen!

Nur Wald und Wiese! Farne größer als wir. Vollmond! Neumond! Dottermond! Spende Licht und Taler! Und ein heilloses Durcheinander!

84 M, Wien, Am Graben. – Just a pain in the ass!

Ist es, weil wir so alt sind? Dass wir nichts aushalten? Habe gerade wieder einen Leukozytenstrauß geschenkt bekommen – Penicillin und Rotwein und Novalgin – irgendwann hüpfen wir wie die Shakespeare-Hexen ums Feuer.

Willst Du scheinheiligerweise andeuten, Heinrich könnte ein Frauenmörder sein? Niemals! Er kann kein Blut sehen. Er ist auch inwendig ein Gentleman. Wahrscheinlich hast Du recht, wenn Du sagst, dass ich ihm zu viel werde. Anstrengend, hinfällig, aber nicht unterzukriegen. Wir werden sie alle überleben. Ich bleibe im Freudenhaus, auch wenn Heinrich mich zurückholen will. Ich habe mit mir einen Kontrakt unterzeichnet: Bleibe so lange, bis ich erlöst werde.

85 I, Hannover, Ernst-August-Platz. – Er kann kein Blut sehen! Ihr fließt das Herz über! Das sind Ansteckbuttons für Leute, denen nichts einfällt. Oder glaubst Du tatsächlich, wer kein Blut sehen kann, tötet nicht, und wer von Liebe schwafelt, schlägt nicht zu? Fremde Weiber, egal welchen Alters, sie kennen Dich nicht, aber sie intrigieren und klatschen über Dich und ziehen Dir den Boden unter den Füßen weg, dass Du nicht mehr leben magst. Vielleicht sind Dir solche nie begegnet, liebe Freundin. Ich musste immer gegen sie kämpfen, aber ich habe keine Kraft mehr dazu. Und bin schon glücklich, wenn jemand freundlich ist. Zu behaupten, allein Frauen seien die Guten, irritiert mich. Dann muss ich bis jetzt in einer anderen Welt gelebt haben.

Ich werde Dich aus Deinem Freudenhaus befreien. Jakob fährt dann den Wagen vor.

86 M, Wien, Am Graben. – Mir fällt nichts ein – wie wahr! Ich verwende den ausgelutschten Satz »Er kann kein Blut sehen«, wie ich meine gewöhnliche Kaffeetasse mit dem Sprung verwende. Ich sitze nicht stundenlang über einem Satz, dazu fehlt mir die Geduld.

Das wenigstens habe ich mit Dir gemeinsam – die Abhängigkeit von Freundlichkeit. Bei meinem Spaziergang im vorletzten Jahr bin ich an einem Haus vorbeigegangen, da wohnte eine türkische Familie. Die Frau war verschleiert, ich grüßte, wurde nicht zurückgegrüßt. Die Mädchen schauten auf den Boden, die Jungen in die Luft. Die Kleinste, ein Schwarzlackkind, grinste mich verstohlen an. Ich lächelte sie an, sie lächelte zurück. Zwischen uns entwickelte sich eine Zuneigung, nur über das Gesicht. Einmal zeigte sie mir ihre kleinen Zähne. Einmal gab sie mir, in ein Taschentuch eingewickelt, ihren Milchzahn. Ich brachte ihr Schokolade und Armbänder, ein Fußkettchen, zwei Blumenringe. Einmal sah ich sie im Frühling, da trug sie all das an sich, sogar die schwarze Samtschleife am Haarreif. Ich bildete mir ein, dass ihre Mutter das nicht gerne hatte. Dann waren sie auf einmal nicht mehr da und statt ihnen ein Skin mit einem Rottweiler und einer tätowierten Frau. Die grüßten mich nicht.

Was Heinrich betrifft, lasse ich alles auf mich zukommen. Die Vorstellung, dass etwas mit mir passieren wird, ohne dass ich selber etwas unternehmen muss, finde ich spannend. Ich denke mir, dass Heinrich mehr an mir hängt als ich an ihm. Das ist eine gute Voraussetzung und lässt mich ruhig schlafen. Es ist wie Ebbe und Flut, wir entfernen uns voneinander und kommen wieder aufeinander zu. Manchmal hängt einer von uns wie ein Schiff in einer Baumkrone. Habe geträumt, Heinrich geht vor sein Iglu in den Schneesturm und erfriert. Würde zu ihm passen, dass sein Gesicht nicht zerfällt. Er wäre dann für immer. Meine Asche könnte über ihn wehen. Eisbären würden ihn beweinen und Schlittenhunde an ihm herumschlecken wie Kinder an Erdbeereis.

Ach ja, was böse Frauen betrifft: Kenne ich auch, sind gezüchtete Blumen, die nach nichts riechen. Da lobe ich mir den Ackersenf. Gestern kochte ich eine Senfsuppe mit Birnen und Rahm, zum Nachtisch Kastanienschaum mit Ingwer und Kakao, zum Abschluss ein Gläschen picksüßen Mandarinenlikör und türkischen Kaffee. Schluss jetzt.

Grüße an Jakob (ist er muskulös?).

87 I, Hannover, Ernst-August-Platz. – In den letzten Tagen habe ich mir oft ein Lied von Khalid Izri angehört. Berbermusik. *Thasrith* heißt das Stück. Jakob hat es mir geschenkt. Ich denke oft, woher kennt er das alles? So wunderbare Musik gibt es doch überhaupt nicht, die er mir da aus dem Hut zaubert.

In meiner Kindheit kamen jedes Jahr Zigeuner zu uns nach Hause, die Schuhriemen und anderes Zeug anboten. Sie saßen bei uns in der Küche. Haben etwas gegessen und getrunken. Und dann Musik gemacht. Die Frauen trugen viel Schmuck. Fast alle hatten Goldzähne, viele hatten Zahnlücken, manche nur einen Zahnstummel. Selbst die ganz Jungen. Ich war noch sehr klein. Darum kann ich mich daran nicht mehr so genau erinnern. Aber von ihren Liedern war ich total hingerissen. Das gefiel den Zigeunerinnen. Manchmal öffneten sie meine Zöpfe und zupften das Haar auseinander.

88 M, Wien, Am Graben. – Musik – schon wenn ich das Wort lese, oder noch mehr, wenn ich es vor mir hersage, höre ich es klingen. Oft brauche ich Lärmmusik, sodass ich blöd werde und vergesse. Heute habe ich Fado gehört. Zwei Arbeiter vom Kanaldienst waren da und haben in die Scheiße gegriffen. Sie haben meinen Fado mitgehört. Im Freudenhaus ist alles verstopft. Da muss noch länger daran gearbeitet werden. Ich habe die zwei, einen ehemaligen Ostdeutschen und einen Türken, zum Kaffee eingeladen. Genauer: Habe ihnen den Kaffee in mein aufgeräumtes Wohnzimmer gestellt. Mit selbstgemachten Trüffeln von meinen zwei jüdischen Freunden. Selber habe ich Erdbeermarmelade aus tiefgekühlten Früchten zubereitet. Die beiden vom Kanal fanden die Fadomusik schön, sie fragten, ob sie noch ein wenig sitzen bleiben könnten, das würde zwar in die nächste Stunde hineingehen, und die müsste dann auch bezahlt werden. Kein Problem, sagte ich. Mein Mann ist ein Gentleman. Hier riecht es so gut, sagte der Ostdeutsche, am liebsten würde ich mich an den Sitz schmieden lassen. Der Kanalmann müsste dann immer diesen Duft einatmen, er würde ihn hassen, und das bis zu seinem Ableben. Der Türke war nicht beeindruckt. Ich hatte zu wenig Zucker da für seinen Kaffee. Morgen kommen sie wieder. Im Wohnzimmer hat es nach Scheiße gerochen. Ich habe gelüftet und dann mit Myrrhe geräuchert. Morgen werde ich den Kanalmenschen etwas Saures hinstellen, zu süßem Tee.

89 I, Hannover, Ernst-August-Platz. — Als ich an dem Autobahnrastplatz ausgesetzt worden bin, dachte ich, die Welt geht unter. Nacht, Kälte. Das Scheißhaus leuchtete durch den Nebel wie eine Grotte, in der, so hoffte ich, demnächst die Muttergottes erscheint. Sie ließ sich aber nicht blicken.

Aus dem Wäldchen hinter dem Rastplatz hörte ich Gespensterstimmen. Der Film *Die Nacht der reitenden Leichen* fiel mir ein. Ich bekam es dermaßen mit der Angst zu tun, dass ich mich nicht mehr gerade halten konnte. Ich bildete mir ein, der Boden unter meinen Füßen reißt auf und verschluckt mich. Irgendwo knallte eine Autotür. Ein Mann hustete. Wie ein Pferd, dachte ich. Hallo! Sie!, rief ich. Der Mann drehte sich erschrocken um. Wer sind Sie? Dasselbe wollte ich Sie auch gerade fragen, sagte ich, kann ich bei Ihnen mitfahren?

Der Mann war so überrumpelt, dass er mich ohne Umschweife mitnahm.

Ich sage einfach, wie es ist. Jemand hat mich kurz nach Mitternacht aus dem Auto geworfen.

Ich habe heute Geburtstag, sagte der Mann. Wollen Sie mit mir frühstücken?

Ich konnte mein Glück kaum fassen. Gern! Wie alt sind Sie?

Schweigen. Wie alt sind Sie?

Dreiundvierzig.

Gleicher Jahrgang, lachte ich.

Der Mann sagte, dass er schlecht hört.

Warum? Warum!

Ich habe zwanzig Jahre lang als Spulenaufsetzer in einer automatischen Weberei gearbeitet.

Da ist es so laut? Da ist es so laut!

Ja. Unerträglich.

90 M, Wien, Am Graben. – Alles, was recht ist. Ziehe mir die Muttergottes nicht aus der Grotte! Sie lebt und achtet darauf, dass wir nicht unter der Brücke landen.

Süß finde ich, dass Du Dein richtiges Alter nennst. Ich hätte gelogen.

Heute ist ein alter Mann mit seinem Spazierstock auf den Busfahrer losgegangen. Er hat ihm mit dem Stock auf den Kopf geschlagen, wollte dann wegrennen, ist hingefallen, und als die Rettung kam, war er tot. Der Busfahrer wurde durch einen neuen ersetzt. Mein Lieblingskleid ist mir leider zu klein geworden. Habe etwas zu viel von den Zimtsternen gegessen. Jetzt kam mir die Idee, Heinrichs Kaschmirschal zu zerschneiden, die Seitennähte aufzutrennen, um dann ein Stück Kaschmir einzufügen. Es sähe dann aus wie ein Kleid von Karl Lagerfeld. Ich liebe meine Nähmaschine! Die Baumwollfäden! Die Synthetikfäden, das Stichprogramm und die Schneiderkreide!

91 I, Hannover, Ernst-August-Platz. – Liebe Freundin, Musik ist nicht immer Trost für mich. Aber wenn sie es ist, stürzt sie sich auf mich wie der Wasserfall mit seinen brechenden Wänden.

Zu Weihnachten hat mir Jakob eine CD geschenkt.

Jon Balke Batagraf: *Say And Play*. Darauf gibt es ein Stück, *The Wind Calmer*, in dem ein Gedicht rezitiert wird, *Jakten pa jaet*. Das Gedicht ist von dem norwegischen Dichter und Dramatiker Torgeir Rebolledo Pedersen, der es auch vorträgt.

Es gibt eine englische Übersetzung des Gedichts von John Irons, *The hunt for the yes*. Jakob hat mir eine deutsche Übersetzung der englischen Übersetzung gemacht.

Da mich der Liedtext sehr berührt, schicke ich ihn Dir.

DIE JAGD NACH DEM JA

Liebe ist
ein ewiges
Vorsprechen, um zu patzen
nah beieinander
bis auf die Knochen
um füreinander
die Hauptrolle zu spielen
mit Gesten groß
wie Giraffen
Dann dreht der Wind
bläst eine Stadt weg
Ich laufe ihr nach
Schrei Geliebte
Hab keine Angst
vor den Brechern
Schrei
Hab keine Angst

vor dem, was am meisten ängstigt
denn ich, ich bin der Besänftiger der Winde
werde die Winde beruhigen
und polieren die See
Schein
nur auf mich
Fräulein Sonnenschein
Dann werd ich schießen
auf Dich mit den
hoffnungsvollsten hellgrünsten
Lettern, Fräulein Laub
Fräulein Mörder
Fräulein Hebamme
meines Herzens Freude
meines Schmerzes geschnitzte Not
Du betrunkener Rhododendron voll
von dir, du Festspiel
Zum Wohl auf die große
Ähnlichkeit
zwischen dir und mir
Dass wir beide
von diesem sterblichen Stoff sind von
dem das sich Leben nährt
Diesem sterblichen Ja

Nähen kann ich nicht. Knöpfe mag ich. Leert man sie auf den Tisch, liegen sie da wie Schotter. Und man wühlt darin wie nach Gold und Edelsteinen. Als junges Mädchen habe ich in einer Jacquardweberei weben gelernt. Die Qualität eines Kleiderstoffes erkenne ich beim Drüberfahren mit der Hand. Ich gehe nie in ein billiges Kleidergeschäft. Lieber trage ich jahrelang dasselbe Gewand.

Ich nenne immer mein richtiges Alter. Aber gibt es ein

Produkt, das jünger machen soll, probiere ich es aus. Mit dem Resultat, dass meine Gesichtshaut danach brennt und mich die Leute fragen, ob ich unter Wanderröte leide.

Warum isst Du so viele Zimtsterne? Sind die nicht bockhart? Trinkst Du Tee dazu?

Jakob mag Madeleines und Mutzemandeln.

Meine Lieblingskekssorte ist von Arco: Vanillekipferln mit Schokoüberzug und einer draufgeklebten Walnuss. Drei Kilo Körpergewichtszunahme in der Woche sind garantiert. Dazu Glühwein. Schrecklich, ich weiß. Aber an Festtagen mag ich es verschwenderisch. Wie die reiche Kellermaus. Die sich durch den Käse wühlt und sieben Monate davon zehrt. Oder weniger?

Meine Mama hat früher auch Kleider genäht. Dabei sah ich ihr gerne zu. Beeindruckt hat mich, wenn sie mit dem gezackten Kopierrad über das Schnittmuster radelte. Das sah aus wie ein Rauchfangkehrer auf dem Einrad.

92 M, Wien, Am Graben. – Das habe ich mir gleich gedacht, dass Dein Jakob so eine Art Proust ist, taucht er die Madeleines in Tee und schließt die Augen? Heute komme ich mir dumm vor wie eine Kuh, was sage ich denn, wie eine Herde von Kühen! Ich habe Kuhaugen, wenn einer es gut mit mir meint, sagt er, dass sie wie Haselnüsse sind.

Ich liebe Stoff. Wenn ich mich in einem Stoffgeschäft aufhalte, bekomme ich feuchte Hände wie Heinrich in einem Buchladen. Nähen kann ich trotzdem nicht, ich nähe zwar ständig, und meine Nähmaschine kommt gleich nach meinem Schreibcomputer, aber es sieht dann meistens etwas merkwürdig aus. Jedenfalls sind es Unikate. Ich ändere überhaupt alles, was ich kaufe, und sei es, dass ich mir Bündchen an einen Pullover stricke, den Halsausschnitt ändere oder bei Kleidern Bordüren über den Stoff nähe. Ich habe die Haare ein Stück geschnitten, mit der Stoffschere bin ich hineingefahren, jetzt sehe ich aus wie Keith Richards.

Fenster müssen blank sein.

93 I, Hannover, Ernst-August-Platz. – O nein! Jakobs Vorliebe für Madeleines hat nichts mit Proust zu tun. Sondern mit der vorzüglichen Konditorei in unserer Nähe. Nirgendwo sonst gibt es so gute! Ich mag keine Madeleines. Sie kleben mir irgendwie an den Zähnen. Genauso wie Mutzemandeln.

Selber die Haare schneiden. Machst Du mir das nach? Früher habe ich dabei wenigstens noch gut gesehen. Aber heute nicht einmal mit Brillen. Im Gegenteil, die sind dabei hinderlich. Wegen der Fassung. Deswegen schneide ich mir oft ins Ohr. Wie das dann blutet! Jakob ist jedes Mal ganz konsterniert, wenn er mich so sieht, und nennt mich Van Gogh. Da Du Dir die Haare mit der Stoffschere schneidest, dürfte Dein Schnitt gerader sein als meiner. Ich hantiere mit der Nagelschere. Und mit der Zitterhand erwische ich oft das Haarbüschel nicht.

94 M, Wien, Am Graben. – Du wirst es mir nicht glauben, aber es ist die Wahrheit. Ich hatte Dir doch erzählt, dass zwei Kanalarbeiter bei mir waren und Schäden am Haus beseitigt haben. Dann war alles in Ordnung. Ich ließ mir ein Taxi kommen, weil ich Heinrich überraschen wollte. Also, da komme ich in die Wohnung – leise habe ich die Tür aufgesperrt – leise die Wohnzimmertür geöffnet, und da sitzt Heinrich mit einer blonden schnittlauchhaarigen Frau auf dem Sofa, sie haben Whiskygläser vor sich und weißen Käse. Er sieht mich, die Frau springt auf, eilt zu mir, gibt mir die Hand:

»Doktor Schreiber, mein Name, ich bin eine ehemalige Kollegin Ihres Mannes. Wohne wieder in Wien, und weil ich niemand mehr kenne, habe ich Heinrich angerufen.« Eine Schwäbin. Wenn ich Schwäbisch höre, dreht es mir den Magen um. So ein Gudrun-Ensslin-Typ. (Mir fällt eine Redewendung von ihr ein: »Bewusstsein der Pflicht zum Widerstand.«)

»Hat er Ihnen einen Heiratsantrag gemacht?«, frage ich.

Sie wird über und über rot.

Heinrich sagt: »Meine Frau ist gern provokant.«

Er drückt mich an sich, er riecht, wie er immer riecht, sehr appetitlich, sein Kuss schmeckt, wie eben Heinrichküsse schmecken. Habe ich Dir eigentlich je erzählt, dass Heinrich früher Kardiologe im Hanusch-Krankenhaus war? Seit zehn Jahren arbeitet er nicht mehr. Er hasst es, über diese Zeit zu reden. Er hat es mir verboten, darüber zu reden (als ob man mir etwas verbieten könnte). Ich hatte ihn damals gefragt: »Wieso darf man nicht darüber reden, ist ein Patient unter deinen Händen dahingegangen?«

Wir gehen zu dritt in die *Cantinetta* und essen gut. Die Schreiber ist keine Gefahr für mich. Sie ist zickig, und ihr Lacher ist eine katastrophale Tonleiter.

Das war nur die Einleitung meiner Geschichte. Am nächsten Tag bin ich wieder ins Freudenhaus gefahren, weil ich meinen Computer vergessen hatte. Die Tür war zugesperrt, und ein Schlüssel steckte von innen. Ich ging ums Haus herum, bog den Bambus zur Seite und stieg durchs Kellerfenster ein. Weißt Du, wer im Haus war? Die zwei Kanalarbeiter. Ich hatte ihnen bei der Auszahlung gesagt, dass ich mit meinem Mann verreisen werde und länger nicht ins Freudenhaus komme. Als sie mich sehen, erschrecken sie, und der Ostdeutsche beginnt zu reden, der andere verhält sich still.

»Wir dachten«, sagt er, »Sie sind verreist«, so redet er, als ob ihm schon das Haus gehörte. Ich will mich schon aufbäumen, da überlege ich. Offensichtlich haben sie sich einen Nachschlüssel machen lassen. Ich bin im Nachteil. Muss mich geistreich verhalten. »Wir dachten«, redet der Ostdeutsche weiter, »weil wir Sie als großzügig erlebt haben, dass wir eine Woche bei Ihnen wohnen könnten. Sie hätten garantiert nichts bemerkt. Alles hätten wir wieder so hingestellt. Aber weil sie schon da sind ...«, und da höre ich im oberen Stock jemand husten, sehr heftig, es klingt, als huste ein Kind, und es klingt, als würden kleine Füße auf und ab tappen.

»Wer ist im oberen Stock?«, frage ich. Sie nehmen mir mein Handy weg. Der Ostdeutsche ist frech und nicht verlegen, er sagt: »Sie sind mehr oder weniger krank da oben, fiebrig, die Eltern der Kinder sind beim Arbeiten, es sind Zigeuner, ihr Pate hat uns Geld gegeben, wenn wir sie zwei Wochen beherbergen. Ziemlich viel Geld, wir können es teilen mit Ihnen. Also. Nach einer Woche ist alles wieder beim Alten.«

»Was heißt arbeiten?«, frage ich, und er sagt: »Betteln, was denn sonst.« Der andere ist immer noch stumm.

»Aber«, sage ich weiter, »das, was ich eben gehört habe, klingt verdammt nach Keuchhusten, wissen Sie, wie gefährlich das ist?« Und im Reden werde ich schlau und sage: »Wahrscheinlich Tuberkulose, das ist bei den Zigeunern verbreitet. Wissen Sie eigentlich, wie ansteckend das ist? Möchten Sie sich anstecken und daran sterben?« Schon halte ich mir mein Halstuch an den Mund. Ich merke, dass der Ostdeutsche nervös wird.

»Hören Sie«, sage ich scheinbar souverän, »ich bin Ärztin, lassen Sie mich das Kind anschauen, ich kann Medikamente holen. Haben die Kinder heute schon gegessen, haben sie Decken? Soviel ich weiß, sind nur zwei Decken im Haus.« Der Ostdeutsche stutzt. Da sagt der andere, der Türke: »Lass sie in die Apotheke gehen und Medikamente holen. Ich begleite sie.« So gehen wir beide aus dem Haus, der wortkarge Türke und ich. Auf halbem Weg zur Apotheke sage ich, so autoritär ich kann: »Sie gehen jetzt in einen Supermarkt, kaufen Lebensmittel, Kamillentee, Milch, Butter, Brot, Käse, Eier, Mehl, Zucker und Decken, und in einer Stunde treffen wir uns hier, genau hier!« Ich habe ihn überrumpelt. Er willigt ein. Tatsächlich gehe ich in die Apotheke, weil sie das erste Geschäft ist, das ich sehe. Ich bitte, telefonieren zu dürfen, rufe die Polizei an, und alles nimmt seinen Lauf.

Es waren wirklich Zigeunerkinder, halb erfroren und ausgehungert. Ute Bock kümmert sich jetzt um sie, auch um die Eltern. Sie ist eine ältere Frau, die sich um die Ärmsten kümmert, sie ist die erste Heilige Österreichs.

Und jetzt kannst Du mich loben. Wie habe ich das gemacht? Die Kanalarbeiter sind nur kleine Gauner, waren nicht einmal im Besitz von Waffen. Wegen Freiheitsberaubung werden sie angeklagt, ich habe die Sache heruntergespielt, weil ich nicht will, dass sie überbestraft werden. Ich komme mir plötzlich so heilig vor. Das wird aber vorbeigehen.

95 I, Hannover, Ernst-August-Platz. – Nachdem ich damals mitten in der Nacht auf dem Autobahnrastplatz ausgesetzt worden bin, war ich eine Zeitlang obdachlos. In meiner Handtasche befanden sich dreißig Schilling und mein österreichischer Pass. An den ich mich klammerte, als ginge Wärme von ihm aus. Es war November. Der schwerhörige Mann, der mich einige Kilometer im Auto mitgenommen hatte, lud mich an der nächsten großen Autobahnraststätte wieder ab. Aus dem Frühstück wurde leider auch nichts.

Immer wieder zählte ich meine Barschaft. Die reichte gerade einmal für eine Suppe!

Inzwischen war es früher Morgen. Der Nebel war so dicht, dass die eingeschalteten Laternen vor der Raststätte wie kleine Orangen leuchteten.

Ich war erschöpft und sehnte mich nach meinem Bett. Wie andere Leute einen Talisman mit sich tragen, um sich beschützt zu fühlen, schrieb ich an Officer Worf aus *Star Trek*. Das Leben ist nur schön mit einem eigenen Bett und einem Dach über dem Kopf. Aber, schrieb ich an Officer Worf weiter, ich bin mir nicht sicher, ob Sie wissen, was ich meine. Schließlich gehören Sie der Sternenflotte an.

Liebe Freundin, küsst Heinrich eine andere? Warum bist Du darüber schockiert? Lass dem alten Mann die toughe Frau! Betrachte es als einen Slapstick. Der alte Mann setzt sich, liest oder hört Musik, und die Toughe setzt sich neben ihn. Aber mit so viel Schwung, dass er in die Luft fliegt.

Hausbesitzer müssen immer damit rechnen, dass, wenn sie verreisen und früher als geplant zurückkehren, ein Fremder im Bett gelegen, den Computer verscherbelt und den Whisky gesoffen hat.

Hier wird ab heute geklopft, geschabt und gebohrt. Die Nachbarin lässt die Wohnung renovieren. Das ist so laut, dass man sein eigenes Wort nicht versteht. Ich habe es schon mit Kopfhörer versucht. Bringt aber nichts. Zehn Tage lang, meinte die Nachbarin, mindestens.

Vor einiger Zeit hast Du mir geschrieben, dass wichtige persönliche Gegenstände von Dir verbrannt seien. Dasselbe ist jetzt Jakob passiert. Ein Großteil seiner Bibliothek ist verbrannt. Weil unsere Wohnung zu klein ist, hatte er Tausende Bücher im Depot einer Umzugsfirma gelagert.

Die Umzugsfirma schrieb, Anfragen nach dem Schadensausmaß würden derzeit nicht beantwortet. Ebenso sei von einer Besichtigung abzusehen. Sie würden sich wieder melden.

96 M, Wien, Am Graben. – Ich habe in einem Buch von einem denkwürdigen Todesfall gelesen. Ein verliebter Mann schenkt seiner verliebten Frau ein Fahrrad, und er schiebt sie an, mit viel Eifer und Geschrei, sie fährt über den Hang, ihr Haar und Kleid flattern, sie kann nicht bremsen und fährt mitten in eine Kuhherde, in der auch zwei Stiere sind und kleine hellbraune Kälber. Die Frau fällt mitten unter die Tiere und wird totgetrampelt.

Im Wartesaal sitzt eine Frau mit hochrotem Gesicht, sie sieht aus, als platze sie gleich, und ich möchte am liebsten ihre Schädeldecke hochheben wie den Deckel von einem Kochtopf, dass der Dampf entweichen kann. Ein kleines Mädchen hat um den Bauch ein Stoffpaket gebunden, und ich frage es, was das ist, es sagt, siehst du nicht, dass das mein Kind ist, das krank ist und bald sterben muss, wenn der Doktor nicht gleich kommt und ihm eine Spritze gibt.

Heinrich will mich ins Krankenhaus fahren und wieder zurück, ich aber möchte lieber Zug und Bus nehmen. Es ist so schön, fremde Leute anzuschauen. Außerdem riecht er zurzeit stark nach einer süßen Essenz, das kommt von seiner Parfümherstellung. Ich sage ihm, wenn ich Gutes immer rieche, fängt es zu stinken an. Da brät er Zwiebeln mit Zucker an, um einen anderen Geruch ins Haus zu bringen. Das wiederum schnürt mir den Hals zu.

Die kleine Frau in mir sagt, dass ich in den Wald gehen soll, und dort sagt sie mir weiter, ich solle auf die Knie sinken und von der Erde fressen, das sei die einzige Möglichkeit, wieder zu Kräften zu kommen. Dabei solle ich aber ein wenig graben und nicht von der Oberschicht nehmen, sonst könne sie nicht garantieren, dass da keine Hundescheiße und Pisse dabei sei. Also grabe ich weiter und stecke schon Erde in den Mund, da steht ein Mann hinter mir und fragt, ob ich etwas suche, und ich, weil ich mich schäme, so öffentlich Erde zu fressen, ist doch peinlich, sage, ich habe meinen Ehering verloren, und der ist aus Gold. Aber warum ich dann grabe, es sei doch unwahrscheinlich, dass sich etwas Verlorenes unter der Erde verstecke. Dann hilft mir der Mann beim scheinbaren Suchen, und ich bin total genervt und sage hart und laut: »Schluss jetzt! Ich weiß ja, dass ich verheiratet bin, folglich brauche ich auch keinen Ehering mehr.« Der Mann zieht den Kopf ein, wie ich es schon bei großen Hunden gesehen habe, wenn sie getadelt worden sind, und macht kehrt.

Heinrich, der sich um mich sorgt, hat rührende Anfälle von Liebeshandlungen, sodass ich darüber lachen muss.

97 I, Hannover, Ernst-August-Platz. – Warum musst Du Dich hinknien und Waldboden fressen, um zu Kräften zu kommen?

Heißt die kleine Frau, die Dich dorthin jagt, Too-Ticky, und Du bist ihre Spitzmaus? Garantiert sind Hundescheiße und Pisse dabei. Goldene Eheringe liegen überall herum.

Ich hätte dem Waldmenschen entgegnet, dass Du nach dem Geld gräbst, das Du und Heinrich bei einem Banküberfall vor mehr als zehn Jahren erbeutet habt.

Das überzeugt, und er hätte vor Scham nicht den Kopf eingezogen. Weil er weiß: Die Liebe eines Gangsterpärchens hält ewig!

Liebe Freundin, spreng die Pilze, inhaliere sie und breite

Dich aus! Dann bist Du so schön, dass Dich alle Leute grüßen und sagen, das ist die Frau, die an allen Kleidern Bordüren über den Stoff näht. Seht nur, wie sie dasteht! Ein Luster mit tausend Tränen aus Glas.

Komm! Wir fahren nach Catania! Gegen unsere Erschöpfung lutschen wir Bonbons aus Guarana und Kaffee.

98 M, Wien, Am Graben. – Weißt Du, das mit der kleinen Frau in mir ist von großer Wichtigkeit. Sie macht mich für Entschlüsse stark und ist stets klüger als ich, ich meine, umsichtiger und vernünftiger – so hat sie mich auch schon vor dummen Entscheidungen bewahrt. Zum Beispiel, als ich dem berühmten Schriftsteller erneut nachreisen wollte, wo ich doch wusste, dass er schwul ist. Solltest Dich auch um eine kleine Frau in Dir bemühen. Nichts gegen die Mumins. Ich liebe sie ja auch, kenne sie schon so lange, seit ich siebzehn bin – da hat mir mein erster Mann das Bilderbuch *Mumintrollet* geschenkt und es mir gleich aus dem Finnischen übersetzt. Aber mit meiner kleinen Frau hat das trotzdem nichts zu tun. Erde fressen heißt übersetzt, wieder zum Ursprung zurückzukehren, ich bin nicht verblödet und habe mit Esoterik gar nichts am Hut, die Esoterik ödet mich an. Ich bin traurig, dass Du meine Sprache nicht verstehst. Was ist geschehen? Wir haben nach der Wegbiegung verschiedene Richtungen eingeschlagen, wo warst Du? Autobahn? Nur Autobahn? Keine Feldwege, keine Waldwege, verschlungene Pfade? Liebe im Farn, wo die winzigen Männer aus dem Moos kriechen und über Dich herfallen. Sie sind so klein, dass es für Dich nur ein Kitzeln ist. Ich erinnere mich, dass sie Blasinstrumente dabeihatten. So winzige wie aus dem Kaugummiautomaten. Schreibst schmalzige Sachen, liebe Freundin, »Luster mit tausend Tränen aus Glas«, das würde mir selbst auf dem Totenbett nicht einfallen. In Sizilien war ich schon, aber nicht in Catania. Fahren wir doch zur Orangenernte dorthin. Ich habe einen Freund, der ist so alt wie ich, ist mit siebzehn auf einem Trip hängengeblieben. Er ist sehr verwirrt und wird es immer sein. Aber zur Orangenernte fährt er jedes Jahr nach Sizilien. Er fährt ohne Fahrkarte und kann die Schaffner von seinem Unglück überzeugen. Sie haben ihm auch schon Diazepam besorgt, so sind halt die Italiener, immer locker und hilfsbereit, korrumpierbar und leichtsinnig. Wenn wir Guarana nehmen, brauchen wir keinen Kaffee mehr, das hält uns mindestens sechs Stunden wach. Kann man eigentlich aus dem Pulver auch Seifenblasen machen? Du traust Heinrich einen Banküberfall zu? Jetzt gerade, wo er wieder kaum zum Lift kommt, weil er von Schwindel geplagt ist und sich den Kopf halten muss? Ich wundere mich jedes Mal wieder, dass Ärzte aus eigenen Stücken nie ins Krankenhaus gehen. Das kann nur mit Gewalt geschehen, oder wenn sie nicht mehr bei Trost sind.

Er ist nicht einmal mehr zum Lachen fähig. Wo wir es in der letzten Woche noch so lustig gehabt haben. Er unter dem Tisch als Hund, ich am Esstisch, er bellt und beißt mir in den Knöchel. Zur Strafe sperre ich ihn auf den Balkon in die Kälte, und nach Stunden darf er wieder zu mir und kriegt eine blutige Leber, das liebt er.

99 I, Hannover, Ernst-August-Platz. – Rohe Innereien sind der Schrecken meiner Kindheit. Die Lunge pfeift, wenn man sie drückt, die Nieren stinken, und die Leber sieht aus wie eine Couchgarnitur, auf der die Katze eine Maus totgebissen hat.

Liebe Schwester aus dem Wald, wir sind zwei Siebenschläfer voller Angst. Zwei träge Ringelnattern auf dem Apfelbaum. Und wenn die Sonne scheint, zwei Heuschrecken, die ihre grünen Schenkel zur Schau stellen.

An Esoterik habe ich bei dem, was Du mir geschrieben hast, noch nie gedacht. Ich kenne Lehmfresser. Ein Erdfresser war für mich bisher ein Fisch.

Ich war damals immer auf der Autobahn. Oft lese ich von menschlichen Leichenteilen, die in der Nähe von Raststätten gefunden werden. Dann kehrt diese Zeit wieder zurück. Einmal kauerte ich in einer öffentlichen Rastplatztoilette neben der Klomuschel und konnte nicht mehr mit dem Weinen aufhören. Eine Frau hämmerte gegen die Wand und schrie: Mach auf, du Drecksau!

Wütend riss ich die Tür auf und warf die Frau um.

Mir froren fast die Glieder ab. Der aufkommende Wind peitschte die bis dahin gleichmäßig fallenden Schneeflocken wie eine eiskalte Stoffbahn vor sich her. Das wirkte auf meine Bronchien wie eine Strangulation.

Die Schuhe klebten an meinen Füßen.

Ich sehnte mich nach einer warmen Stube. Aber diese Kostbarkeit war unerreichbar für mich.

Die Scheinwerfer der Autos auf der A3 bewegten sich hin und her wie das Auge einer Wasserwaage.

Worf, Offizier der Sternenflotte, betete ich, beam mich zu dir. Die Welt geht unter.

100 M, Wien, Am Graben. – Was für Dich die Sternenflotte ist, war für mich *Raumschiff Orion*. Begeistert bin ich noch von den spektakulären Effekten. Verfremdete Bügeleisen und Bleistiftspitzer wurden als Armaturen verwendet, Plastikbecher als Deckenleuchten. Garnrollen und Wasserhähne wurden eingesetzt. Hat man als Vulkanier Gefühle? Der kleine Abenteurer in Dir liebt eben immer noch die Sternenflotte. Finde ich süß. Gleichzeitig aber bist Du die Frau auf der Autobahn. Was für eine Trostlosigkeit sich da ausbreitet. Komm zu mir – wir legen uns auf den Kachelofen, sitzen können wir nicht, weil die Zimmerdecke so niedrig ist. Wenn wir warme Bäuche haben, drehen wir uns auf den Rücken, das machen wir so lange, bis wir durchgebacken sind. Ich will einfach nicht mehr frieren! Wenn ich mich an meine blutig aufgerissenen Lippen und die blau gefrorenen Hände erinnere, die ich als Kind gehabt habe, auf meinem Weg zur Schule, hinunter mit den Skiern, eine halbe Stunde. Dann, nach der Schule, mit den Skiern auf dem Rücken bis zu zwei Stunden mit Trödeln und Rotz und zornigem Weinen, endlich dann in die warme Küche und vor die heiße Suppe. Gleich rann mir die Nase, und meine Finger wurden rot. Pudding mit Butter, schaumig gerührt, hat endlich meinen Bauch besänftigt. Dann auf das Sofa hinter dem Küchentisch, die ehemalige Babydecke mit den aufgedruckten Schafen um die Füße gewickelt. Steffi, unsere Hausfrau, bringt mir die Nachtdecke und ermahnt mich, nicht einzuschlafen, die Hausaufgaben müssen noch gemacht werden. Ich hasse Steffi, sie ist bei uns, weil die Mama wieder einmal im Krankenhaus ist. Sie zwingt meine Schwester und mich, Sachen anzuziehen, die wir nicht aushalten. Schafwolljacken und Schafwollmützen, Ärmelschoner, einen hässlichen Regenmantel, und ich sage zu ihr voll kindlicher Verbitterung, Steffi, wenn ich den anziehen muss, sage ich deinem Freund, dass du dir die Haare färbst, dass deine Haarfarbe nämlich graublond ist wie die Fellfarbe bei alten Mäusen. Wehe dir, wehe dir, sagt sie, und droht mit dem Finger, aber ich muss dann den ekligen Regenmantel mit dem pickigen Gummi nicht anziehen. Sie hat Angst vor mir, das ist ein gutes Gefühl, und meine Schwester sagt, das, was ich tue, sei bös und dafür käme ich sonst wohin, und ich sage meiner heiligen

Schwester, weißt du, wie wurscht mir das ist, und ich zeige ihr meine belegte Zunge, weil ich Schluckweh habe und der Hals kratzt und es nie mehr Frühling werden wird.

101 I, Hannover, Ernst-August-Platz. – Ich dachte weniger an reines Guarana-Pulver, davon habe ich einmal so viel genommen, dass der Notdienst kommen musste. Ich meinte Airmen Beans. Kennst Du die nicht? Kriegt man hier in der Apotheke.

Gestern saß mir gegenüber in der U-Bahn eine Frau, der Botox gespritzt worden ist. Ihr Gesicht sah aus wie bei einer Barbie. Ich frage mich, wenn die Frau noch kleine Kinder hat, wie gehen die damit um? Hätte meine Mama ein Facelifting an sich machen lassen, wäre ich vor Entsetzen davongerannt. Weil ich ihr vertrautes Gesicht verloren hätte.

Ich erkenne das Alter eines Menschen an seinen Augäpfeln. Die von Kindern sind weiß, die von Leuten über fünfzig perlmutterfarben bis gelb. Je nachdem, was gefressen oder gesoffen wurde.

Natürlich traue ich Heinrich einen Banküberfall zu. Gerade Gentlemen bitten zur Kasse! Denk an die Filme mit Jean Gabin oder Sean Connery.

102 M, Wien, Am Graben. – Mein armer Heinrich, er ist gerade siebenundsechzig Jahre alt – genau so alt war mein Vater, als er gestorben ist. Weißt Du, er war ein Bücherjunkie, jedes Mal, wenn er in eine Buchhandlung ging, hat er schwitzige Hände bekommen, er hat heimlich Bücher bestellt, und meine Stiefmutter sollte das nicht wissen, weil wir ja kein Geld für Schuhe hatten, er meinte, Kinder können getrost im Winter Sommerschuhe mit Socken anziehen, und wenn es arg kommt, die Skischuhe, Schuh in Schuh, die Tortourenschuhe, die einem die Tränen in die Augen jagen. Also hat er die Bücher im Kartoffelkeller versteckt und dann irgendwann in die zweite Reihe gestellt – seine Regale waren nämlich sehr tief –, niemand hat es gemerkt, meine Schwester und ich, wir wussten es, einmal habe ich ihr den Vorschlag gemacht, den Vater zu erpressen, weil wir Geld wollten für Kinokarten, aber sie hat es abgelehnt, weil sie ein gutes Kind war. Der Vater hat in seiner Pension eine Bibliothek übernommen und sich mit dem Bürgermeister angefreundet. Der hat ihm dann ein über alle Maßen hohes Budget genehmigt. Der Vater hat sich die Bücher bestellt, die er sich nie hatte leisten können. Und als dann die Pakete ankamen, hat er sie geöffnet und vor lauter Freude einen Hirnschlag bekommen – die Putzfrau hat ihn gefunden.

Ich kaufe Vitamintabletten, weil ich will, dass Heinrich mich überlebt. Ich habe bemerkt, dass er aus seinem Versteck Morphium holt und sich spritzt – darum zwickt es ihn nirgendwo mehr, und er hat dieses öde Lächeln, was soll ich machen, ich küsse ihm hin und wieder die weichen weißen Wangen …

Hätte sich unsere Mama Botox gespritzt, wäre sie nicht unsere Mama gewesen …

Folgendes habe ich geträumt:
Eine Zugfahrt mit der Transsibirischen Eisenbahn endet in der Katastrophe – es sei ein falscher Weg eingeschlagen worden, hieß es, wie gibt es das, der Zug fährt auf keinem Geleise mehr, steckt mitten in der Mongolei im Eisschnee fest. Ein Sprecher meldet über Lautsprecher, dass eine Explosion bevorstehe. Ich habe mit meiner ganzen Sippschaft ein Abteil belegt, wir lagern unter all unseren Habseligkeiten, Bücher, Decken, Geschirr, Lebensmittel, alles in Kisten ver-

packt. Mein bester Freund sitzt am Klavier und spielt, er will das Desaster ignorieren, über den Untergang hinwegspielen, tapfer greift er in die Tasten. Ich zerre an einer Holzkiste und versuche mit einer Fischgabel die Nägel herauszuziehen. Ich vermute in dieser Kiste nämlich unsere Federbetten. Es ist so kalt im Abteil. Wir sehen, wie Fahrgäste eilig den Zug verlassen und ins Nichts springen. Der Sprecher warnt über Lautsprecher vor dem Verlassen des Zuges. Hier gäbe es Bären, die nach dem Honig nichts lieber als Menschen fressen wollten. Wir hören auch schon Schreie, abgebissene Körperteile fliegen an unserem Fenster vorbei. Wir sind inzwischen unter dem Federbett und wickeln unsere Beine ineinander. Mein bester Freund spielt noch immer Klavier, alle Sonaten, die er kennt, und er kennt viele. Dann beginnt er mit Kinderliedern und Jazzimprovisation. Er wird bis zum Erfrieren spielen, eine Wolldecke liegt auf seiner Schulter, er taucht die Hände in kochendes Wasser. Außentemperatur: 45 Grad minus. Ich will aber nicht, dass mein bester Freund vor mir stirbt, deshalb strample ich das Federbett von meinem Körper und warte, bis es aus ist.

103 I, Hannover, Ernst-August-Platz. – Wenn du dich fortwährend bewegen musst, um nicht zu erfrieren, und Schnee und Kälte kein Ende nehmen wollen, ist in deinem Leben nichts mehr, wie es vorher war. Darauf stellt sich niemand ein. Vor allem, wenn einem die warme Stube zur Gewohnheit geworden ist. Zwei Tage ungewaschen durch Gegenden streifen, und du kriegst den Wolf. Kommst vor Schmerzen nicht weiter. Alles bringt dich fast um. Vor Durst steckst du dir eine Faust Schnee in den Mund. Aus den Wäldern hörst du Stimmen, die du nicht mehr einordnen kannst.

In meiner Kindheit lebte bei uns im Dorf eine alte Frau, die immer auf dem Herd saß. Eines Tages stand die Rettung vor ihrem Haus. Die Frau war tot. Im Sitzen auf dem Herd gestorben.

Früher habe ich sie oft besucht, weil sie mir gedörrte Äpfel schenkte. Auf dem Holzboden unter ihrem Küchentisch wucherte ein riesiger Schwamm. Ich traute mich nie, den zu berühren, weil ich Panik davor hatte, er würde zu zucken anfangen und sich dann in ein Unding verwandeln. Vielleicht hat der ein Maul, dachte ich, und verschlingt alles, was ihm zu nahe kommt.

104 M, Wien, Am Graben. – Auf dem Herd zu sitzen, war bei uns üblich. Es war ja ein Kohlenherd mit einem Wasserschiff, der Deckel aus Kupfer. Da konnte man sich so wunderbar den kleinen Arsch wärmen. Schwämme grausen mich auch. Wenn man sich daraufstellt, vermehren sie sich und kommen bis ins Bett. Dann fängt das Unglück erst an. Wenn sie über die Schenkel bis über die Zirbeldrüse den Rücken hinunterkriechen. Mein größtes Problem im Krankenhaus war stets, dass mir die frische Unterwäsche ausgehen könnte, und einmal als Neunjährige mit entferntem Blinddarm schämte ich mich, weil alle meine Unterhosen aufgebraucht waren.

Wie gern wäre ich die Eidechse, die sich auf einer warmen Felsplatte ausruht! Ich könnte das schätzen, was hingegen die Eidechse sicher nicht tut, weder begreift sie den Stein als Liegefläche, die man zum Ausruhen benutzen kann, noch die Sonne als Himmelskörper. Wie kann man über eine Fähigkeit ohne Sprache verfügen. Dies und so manches denke ich im Liegen auf dem weichen Federkissen. Wenn ich mich konzentriere, versinke ich in der Matratze, sodass ich bald darin verschwinden werde. Was wäre das für eine Empfehlung an mein Gemüt!

Ich höre Heinrich in der Küche werken. Ich habe ihn gebeten, nur süße Speisen zu kochen, oder am liebsten zu backen, alles andere halte ich nicht aus.

105 I, Hannover, Ernst-August-Platz. – Wo sitzt bei Dir die Zirbeldrüse? Ich bevorzuge zum Nachdenken ein hartes Bett.

Eine Matratze, meine Liebe, in die man versinkt, ruiniert einem, wie mir scheint, nicht nur die Wirbelsäule.

Als Kind besaß ich grad so viel Unterwäsche, wie man braucht. Und da es bei uns zu Hause noch keine Waschmaschine gab, war es auch mein Problem, plötzlich keinen gewaschenen Slip zu haben.

Jahrzehnte später, Du wirst es nicht glauben, hat mir eine Frauenärztin gesagt, sie würde ihren Patientinnen raten, gar keine Unterhosen zu tragen, sondern nur lange, warme Röcke.

Ich bin schon recht müde. Trinke noch einen Schluck Wein und schaue aus dem Fenster hinüber zu den Nachbargebäuden.

Die übrigen drei Wohnblöcke bilden mit dem Wohnblock, in dem ich wohne, ein Quadrat. Schaue ich vor Mitternacht aus dem Fenster, kommt es mir vor, als halte ich mich in einem Aquarium auf. In den Fenstern zucken Fernsehbilder wie Zitterrochen.

Im Dorf meiner Kindheit war die Nacht stockdunkel. Hatten die Eltern Besuch, der erst spät ging und dann draußen vorm Weggehen noch eine rauchte, tanzte die aufglimmende Zigarette herum wie ein Glühwürmchen. Unsere Eltern mussten, damit meine Schwester und ich einschlafen konnten, jedes Mal die Tür zum Schlafzimmer einen Spalt weit offen lassen. Das Gemurmel der Erwachsenen war unser Wiegenlied.

Ich träume immer von diesen drei Orten:

Dornbirn. St. Gallen. Stockenboi/Weißensee.

Stockenboi ist mein Geburtsort. Am Ende des Stockenboier Grabens liegt der Weißensee wie ein jadefarbenes Fraktal.

Die Dornbirner Ache war in meiner Jugend der große Abenteuerspielplatz. Meine Schwester und ich verbrachten zusammen mit anderen Jugendlichen ganze Nachmittage dort. Oft sahen wir den Erwachsenen beim Motocross zu.

In St. Gallen war ich oft mit meinen beiden Kindern, die in Höchst zur Welt gekommen sind. Ester, meine jüngere Tochter, lebt mit ihrem Mann und ihrem kleinen Sohn Davide in Arbon in der Schweiz. Ruth, meine ältere Tochter, wohnt mit ihrem Mann und ihrem Töchterchen Martha in Südengland.

106 M, Wien, Am Graben. – Wie machst Du das? Deine Bilder werden immer üppiger! Hast Du Deine Scheiben poliert? Nimmst Du Essig zur Reinigung? Ich muss die Polin bitten, das für mich auch zu tun. Heute hat mir Heinrich Schneeglöckchen vom Naschmarkt mitgebracht. Sie waren in Zeitungspapier eingewickelt, auf dem stand, dass eine Mutter seit neun Jahren ihr Mädchen vermisst. Es war vierzehn Jahre alt, als sie es das letzte Mal gesehen hat. Es trug ein gelb gepunktetes Kleid und Sandalen aus rotem Kunststoff, und es war der 2. August.

Ich bitte Heinrich, mir mit verstellter Stimme aus *Mumintrollet* vorzulesen, er macht das sehr gut. Er sagt, am meisten lieben Patienten am Zustand des Verrücktseins, dass sie Narrenfreiheit haben und selbst in hellen Momenten Unmögliches anstellen können. Zum Beispiel kennt er einen Mann, der in seiner manischen Phase dreiundzwanzig Haarföhne gekauft hat, und als dann seine Frau ausgeflippt ist, hat er sie auf den Kompost geworfen, weil er verrückt sei. Aber, sagt Heinrich, das Vergraben hat er bei klarem Verstand gemacht. Was gibt es bei Dir für Merkmalsvarianten? Anton, mein jüngster Enkel, schaut mich von unten an. Er steht vor mir in einem Bilderrahmen, hat einen blauen Pullover und eine rote Gummischürze an und sieht aus, als hätte er gerade etwas kaputtgemacht. Ich könnte ihm schon wegen seiner Kulleraugen niemals böse sein. Als er sich im Sommer an meine Schenkel geklammert hat und geweint und gezornt hat, weil er nicht mit seiner Mama mitgehen wollte, das vergesse ich niemals. Heinrich will am Nachmittag zum »Kober« gehen, das ist ein Spielwarengeschäft, vor dem ein lebensgroßer Bär steht (wie bei Thomas Mann in der Garderobe, um die Visitenkarten zu tragen), dort will er für den Anton einen Unimog kaufen. Trink mir ja nicht das Schneeglöckchenwasser, mahnt mich Heinrich und bringt mich erst auf die Idee, dass ich das machen könnte.

107 I, Hannover, Ernst-August-Platz. – Heute Nachmittag fuhr ich in der Stadtbahn. Was ich dort gesehen habe, war wie aus einem Roman. Bei Minusgraden stand mitten in der Fußgängerzone ein Klavier, vor dem saß ein Mann im schwarzen Frack und spielte Schostakowitsch, *Walzer Nr. 2*. Irgendwie erinnerte mich das Ganze an den Film *Fitzcarraldo* von Werner Herzog. Nur komplett anders.

Kameraleute waren keine da. Auch wurde in der Fußgängerzone kein neues Geschäft eröffnet.

Wäre ich eine junge Braut im langen weißen Kleid, würde ich nach der Trauung zu den Straßenmusikern gehen und sie bitten zu spielen. Mein Bräutigam und ich fingen zu tanzen an, und mein Kleid würde wie eine Riesenbürste über den Asphalt rotieren.

108 M, Wien, Am Graben. – Ich erinnere mich nicht mehr, wie es kam, jedenfalls arbeitete ich für einen Monat in der Psychiatrie, Heinrich wohl hatte mir diese Arbeit verschafft, weil ich zu Hause täglich und ebenfalls in den Nachtstunden so niedergeschlagen war, er meinte, Abwechslung würde mich retten. Da war es aber so, dass ich meine Unsicherheit während der Arbeit nicht verbergen konnte, mein Mitleid mit den Patienten, vornehmlich mit den Kindern, war über alle Massen unprofessionell groß, sodass mein Vorgesetzter, ein weichgesichtiger Mensch mit Schauspielerallüren, Heinrich angerufen hat. Er, so habe er vorsichtig gesagt, zähle mich eher zu den Insassen als zu den helfenden Händen.»Helfende Hände« finde ich einen unsympathischen Ausdruck, das impliziert doch, dass lediglich die Hände helfen und das Herz sich ganz woanders befindet. Das Schwerste an meiner Arbeit war der Weg zur Arbeit, der nämlich führte über einen schmalen Steg, eine Hängebrücke eigentlich, aber ohne Geländer. Darunter befand sich ein reißender Fluss. Meine Angst vor der Überquerung dieses Hindernisses trieb mir jeden Morgen den Schweiß auf die Stirn. Und eine helfende Hand trug mich deshalb täglich über die Brücke zu meiner Arbeit. Todesängste begleiteten mich. Und jetzt, nachdem mich Heinrich von der Arbeit wieder befreit hat, liege ich am Kachelofen, und meine Füße stecken in Hasenfellschuhen, extra angefertigt von einer Bekannten der Polin. Ich trage ein neues weißes Nachthemd mit blassrosa Stickerei und werde wieder wie eine Kranke behandelt. Öffne ich die Augen, sehe ich als Erstes das Porträt von Heinrichs schöner Mutter, ich schätze, da war sie Mitte zwanzig, sieht aus wie Rita Hayworth, bevor sie Orson Welles zum Alkohol gebracht hat. Momentan kann ich das Kranksein noch genießen. Ein Kind aus der Station F fällt mir ein, das seine kleinen klebrigen Finger in meine Haare verkrallt hatte und nicht wollte, dass ich es verlasse.

Wieso kommst Du nie zur Pestsäule?

Mein weißes Nachthemd ist durchgeschwitzt, und von den Zehen herauf werde ich zum Tier.

109 I, Hannover, Ernst-August-Platz. – Im Alter werden bei manchen Leuten Zehen und Nase groß wie Pastinaken.
Als Kind fand ich die Füße von alten Menschen unheimlich. Sie waren schuppig, und die Adern sahen aus wie unter der Haut verlegte Kabel.
Einmal habe ich gesehen, wie ein Pferd beschlagen wurde. Entsetzt rannte ich nach Hause, holte meine Katze, wickelte ein Tuch um ihre Pfoten und drückte sie ganz fest an mich.
Spuren in frisch gefallenem Schnee faszinieren mich. Egal, ob sie von Tieren stammen, Autoreifen oder Schuhsohlen.
Was für ein schrecklicher Arbeitsweg! Auf einer Hängebrücke ohne Geländer einen reißenden Fluss überqueren, das würde ich nicht einmal kriechend hinkriegen.
Rita Hayworth und Anna Magnani sind meine absoluten Stars.
Wenn sie im Film weinten, flossen ganze Straßen über. Waren sie wütend, brannten ihnen die Gäule durch.

110 M, Wien, Am Graben. – Das ist verrückt, dass Du das sagst. Anna Magnani, mein absoluter Star! Als ich schon die ersten beiden Kinder hatte – ich war Mitte zwanzig –, sagte in Wien ein Mann auf der Straße zu mir, ich sähe aus wie die Magnani. Das hat mich dann derart beflügelt, dass ich eine Frisur hatte wie sie, was einigermaßen kompliziert war – meine Haare sind kraus –, ich glättete sie und färbte sie schwarz (meine waren ja nur dunkelbraun), meine Augenbrauen waren leider auch nicht wie die ihren, und nachgezogen gefiel mir das eben nicht, also ließ ich es. Und ich gewöhnte mir auch diesen tragischen Gesichtsausdruck an, ihre aufrechte Haltung, so stolz. Ich bin ja leider einiges kleiner, war auch dünner – mästen wollte ich mich für die Magnani allerdings nicht. Sie war so perfekt in ihrer figürlichen Erscheinung. Dann ist sie gestorben, und ich trauerte um sie, als hätte ich sie gekannt. Jetzt färbe ich meine Haare, wie damals meine eigenen waren, dunkelbraun über grau, zum Glück glänzen sie noch, was mich jeden Tag freut. Meine Fingernägel wachsen rasend schnell, meine Haare werden noch krauser, als sie früher waren. Ich hasse meine Augenringe! Ich will gutgelaunt aussehen, und mein Mund soll nie herunterhängen wie bei grantigen Hausmeistern. Draußen ist es bitterkalt, und ich weiß nicht einmal, wo die Sonne ist.

111 I, Hannover, Ernst-August-Platz. – Liebe Freundin, da haben wir es! Anna Magnani! Auf verschiedene Weise hat sie, rein äußerlich, mit uns zu tun. Nicht nur Dir, auch meiner Tante Martha glich sie aufs Haar.

In meiner Familie haben alle etwas Rabenschwarzes.

Mich verglichen früher die Leute mit Gelsomina aus *La Strada*.

Mitte der achtziger Jahre bin ich Fellini zufällig einmal begegnet. Er stand mit viel Gepäck und etlichen Leuten auf dem Bahnsteig des Mailänder Hauptbahnhofes. Ihm muss meine Ähnlichkeit mit Giulietta Masina aufgefallen sein. Jedenfalls sah er unentwegt zu mir herüber.

Ohne mich je darum gerissen zu haben, spielte ich einmal in einem Film. Der *Stern* brachte damals ein großes Foto von mir. Während ich es, am Kiosk stehend, anschaute, tänzelten zwei Männer um mich herum. Plötzlich rief einer: Das gibt es nicht! Das gibt es nicht! Die ist drinnen und draußen!

Jetzt gehe ich gleich einkaufen und zum Postamt. Trotz Eiseskälte verzichte ich, wie immer, auf eine Kopfbedeckung. Da halte ich es mit Dir. Viel Haar!

112 M, Wien, Am Graben. – Das stimmt, Du hast so ausgesehen wie Fellinis Clownfrau.

Ich habe einmal in einem Film von Valie Export eine kleine Rolle gespielt und einen unmöglichen Satz sagen müssen:

»Hast du gewusst, dass Ferdinand von Saar sich vor seinem Spiegel in hohem Alter umgebracht hat?«

Ich konnte diesen Satz nicht mit Überzeugung sagen, weil er so verdreht klang, aber die Export wollte ihn unbedingt so kompliziert formuliert. Ich muss immer wieder feststellen, dass Leute, so begabt sie auch sein mögen, wenn sie das Schreiben nicht gewohnt sind, kein Gespür dafür haben.

Ich würde auch gern wieder einmal einkaufen gehen, aber Heinrich lässt mich nicht, er hat Angst, ich könnte umfallen, gerade er, ist das nicht komisch? Manchmal gibt er mir etwas von seinem Morphium ab. Da fühle ich mich dann selig, ich weiß keinen Vergleich, jedenfalls gibt es nichts an mir, was mich stört.

Vor vielen Jahren war ich mit meinem damaligen Mann in einem Aufzug, ein deutsches Ehepaar stieg zu uns ein, und die beiden starrten mich unentwegt an. Sie flüsterte ihrem Mann zu, und er sah sie strafend an, und sie sagte: »Ach, sie versteht uns ja doch nicht.« Und einmal auf der Frankfurter Buchmesse fixierte eine junge Frau meinen damaligen Mann, ich sagte zu ihr: »Sie dürfen ihn angreifen, aber nur kurz. Ich schaue auf die Uhr.«

113 I, Hannover, Ernst-August-Platz. — Liebe Freundin, wir gehen zusammen einkaufen. Zwei alte Prinzessinnen, bleich wie Butter und mit vierzig Euro im Portemonnaie. Ich habe es mir angewöhnt, immer nur dort einzukaufen, wo Apotheken sind. Wird mir schwarz vor Augen, gehe ich hinein. Die rufen auch den Notarzt.

Mich hat einmal auf dem Gehsteig ein Kurier mit seinem Fahrrad über den Haufen gefahren. Danach ging ich ein halbes Jahr mit einer Krücke. Mein rechtes Knie war im Eimer und ist seitdem auch um einen Zentimeter breiter als das linke. Du glaubst nicht, wie kalt Asphalt ist, wenn man so daliegt. Anfangs hatte ich keine Schmerzen. Die kamen erst zwei Stunden später.

Ich habe Unmengen von Diclofenac auf das Bein geschmiert. Bis ich plötzlich eine Ladung Schnee auf mich zukommen sah.

Der Arzt meinte, wenn man zu viel Diclofenac nimmt, kann das passieren. Man halluziniert.

114 M, Wien, Am Graben. – Heute hat Heinrich beschlossen, dass wir spazieren gehen. Bis zum *König von Ungarn*. Dort hat er einen Zweiertisch bestellt. Er sagte, das haben wir uns verdient. In Wien hat es minus fünfzehn Grad, und wenn man den Wind dazurechnet, gibt das minus dreißig Grad. Wir schmierten uns Gesicht, Hände und Füße mit Fettcreme ein, er mir, ich ihm, zogen jeder von uns zwei Paar Hosen, drei Pullover, Pulswärmer, Schal, Seidenhandschuhe, darüber Fäustlinge an, die gepolsterten Mäntel (sehr hässlich beide), Mütze, zwei paar Wollsocken und die dicken Winterschuhe. Wir bewegten uns wie Mumien, hielten uns an der Hand wie Kinder und schwankten um die Häuser. Im *König von Ungarn* war es dann so warm, dass wir uns schälen mussten wie Zwiebeln. Der Fisch, den wir bestellten, sah so erbärmlich aus mit diesem toten Auge, ich brachte nichts herunter, und Heinrich ärgerte sich darüber. Ich aß zwei Panna cotta und trank vier Gläser Wein. Auf dem Heimweg schwankte ich dann so sehr wegen dem Alkohol, dass mich Heinrich kaum stützen konnte. Er zog mich aus und legte mich unter die Bettdecke. Ich schlief und träumte von der Gruft, das ist eine Stelle unter der Mariahilfkirche, wo Sandler sich aufwärmen können, dort bekommen sie eine heiße Suppe, dürfen aber weder Alkohol mitbringen noch betrunken erscheinen. Das ist für viele ein großes Problem. Ein Mann hat sich im Prater ein Erdloch gegraben und ist mit ein paar Doppellitern hineingekrochen. Er ist erfroren. Ich sah eine Frau, die war mit Plastikmüllsäcken bekleidet, man sah nur ihre Augen und eine blonde Locke über der Stirn.

115 I, Hannover, Ernst-August-Platz. – Weiß der Himmel, wo Du steckst! Tagelang kein Lebenszeichen von Dir! Draußen ist es so kalt, dass mir die Nasenlöcher zukleben.

Auf der sibirischen Halbinsel Kamtschatka, habe ich gelesen, hat es fünfzig Grad minus. Leuten auf der Straße wird geraten, das Gesicht mit Fettcreme einzuschmieren, weite Kleidung und pelzgefütterte Fäustlinge zu tragen. Bloß keine Fingerhandschuhe!

Schwache Leute sollten in der Wohnung bleiben.

Als ich klein war, ist meine Mama einmal von einer Lawine verschüttet worden. In dem Winter waren die Schneewände siebenmal höher als ich.

Als Zwölfjährige sollte ich einmal wegen Schneesturms bei Bekannten meiner Eltern übernachten. Zwanzig Kilometer von zu Hause entfernt. Ich mochte aber nicht und rannte zur Haltestelle. Wegen der Witterung fuhr kein Bus. Ich schloss mich einer Gruppe Männer an, die noch in derselben Nacht nach Hause wollten. Vor uns knickten Bäume um. Der Schnee wehte von allen Seiten. Nach zehn Kilometern redete vor Erschöpfung keiner mehr ein Wort. Ich hatte den längsten Weg.

Meine Schwester und meine Eltern schliefen, als ich zu Hause angekommen war. Ich klopfte ans Fenster. Nichts rührte sich. Ich ging in den Stall. Aber auch dort war es nicht zum Aushalten. Ich klopfte nochmal ans Fenster. Meine Mama hörte mich und erschrak.

Im Kessel vom Herd war noch warmes Wasser. Ich stieg mit den vereisten Schuhen in den Wäschetrog. Meine Mama goss immer wieder Wasser über die Schuhe.

Am nächsten Tag blieb ich zu Hause.

Natürlich war ich das Dorfgespräch. Die Männer, mit denen ich durch den Schneesturm gestapft war, sagen noch heute, wie sehr sie mich damals bewundert haben. Trotzdem mochten sie nicht, dass ich dabei war. Sie hatten genug mit sich selbst zu tun.

116 M, Wien, Am Graben. – Unsere Blässe ist vornehm und hat überhaupt nichts Buttriges. Wären wir buttrig, hätten wir Hepatitis, und Gott bewahre uns davor. Es reicht schon das andere. Hast Du Dir je überlegt, dass wir zusammenziehen könnten, in ein gemeinsames hübsches Loch, mit nur unseren Sachen? Ich würde Heinrich wegen Dir verlassen, also müsstest Du auch Jakob wegen mir verlassen. Natürlich wäre das für mich ein sozialer Abstieg, das weiß ich, vom Gold zum Blech, aber ich wäre glücklich. Auch keine feige Alternative, wie das Ferienhaus von Heinrich, wo wieder Dankbarkeit verlangt wird, in irgendeiner Form. Wir könnten wieder zu schreiben anfangen, zu zeichnen, ich male doch so verrückt gern, und ob es schlecht ist oder nicht, wird sich herausstellen. Du könntest zum Beispiel an Deinen Lauchdamen arbeiten. Wir könnten Furore machen, nur wir zwei. Überleg es Dir in aller Ernsthaftigkeit und frag Deine Geister.

117 I, Hannover, Ernst-August-Platz. – Meine Blässe ist nicht vornehm. Ich schlafe nicht mehr! Und während in mir Stockwerk um Stockwerk zusammenfällt, denke ich an meine Kinder und Enkelkinder. An ihre Zukunft.

Fahre ich hier mit der Bahn oder stehe vor einer Kasse in der Warteschlange, belausche ich die Leute. Von Kindern ist nie die Rede. Es geht immer nur ums Erben, um die Rente. Um das Billigste und das meiste. Als würden hier morgen alle verhungern. Als gäbe es nur sie. Und mit ihnen würde die Welt untergehen.

Liebe Freundin, der soziale Abstieg, von dem Du schreibst? Was ist das? Wir waren doch noch nie die Goldmariechen. Absteigen tun diejenigen, die andere verleumden, die nach unten treten und nach oben schleimen. Willst Du Dich mit denen vergleichen?

Halt Heinrich fest. Ich Jakob. Sie wärmen uns. Auch in der kleinsten Hütte.

118 M, Wien, Am Graben. – Wenn das so ist, bin ich traurig, und kann ich auch gewiss sein, dass sich das nicht ändern wird? Ich kenne Deinen Jakob ja nicht. Es muss wohl ein wunderbarer Mann sein, wie wohl mein Heinrich auch ein wunderbarer Mann ist. Aber heißt das auf ewig? Ich bin gerade sentimental und erinnere mich an die schönen Tage mit Dir in der Zweizimmerwohnung. Wir haben viel gestritten, ich fürchte, meistens war ich schuld, ich stritt, weil es so ruhig war und Du so langweilig warst, ich wollte hinaus auf die Straße und etwas erleben.

Hast wahrscheinlich eh recht. Frauen, die nicht selber versichert sind, sollten bei ihren Männern bleiben, Frauen, die zu wenig eigenes Einkommen haben, sollten bei ihren Männern bleiben. Und man darf auch nicht vergessen, wer schlussendlich den Sarg bezahlt.

Da also bin ich wieder, sozusagen aus der Hölle zurück, und sie haben mich dort unten nicht geschont, haben mir mein Bauchfell abgeschabt und den Bauch aufgeklappt wie ein Lexikon. Nach dem Kopf der Bauch. Als ob die Katastrophe einfach bauchwärts gewandert wäre. Heinrich rief die Rettung, weil mich Koliken marterten. Ich dachte kurz: Er hat mich vergiftet, weil ich so viel Terror mache …

Ich hoffe, Dir und Deinem Gefährten geht es gut und Ihr seid beide schnurrig zufrieden.

Doch, den Morphium-Traum muss ich Dir noch erzählen. Ich liege im Krankenbett und hinter mir steht die rote Frau, die mit ihrem Kopf an der Decke anstößt, so groß ist sie. Ich weiß, wenn mein Liebster nicht rechtzeitig einfährt, wird sie mich holen. Ich sehe schon den Zug, es wird knapp werden, es wird knapp werden, sehe meinen Liebsten an der Waggontür stehen, die rote Frau greift schon nach mir ...

Heinrich hat mir eine Katze versprochen, sie soll dreifarbig sein und wild. Noch ist sie bei ihrer Mutter. Schreib mir bald zurück, das Theater trocknet sonst aus, und Du weißt ja, es sollte immer ein wenig feucht sein, wie feuchte Lippen oder feuchte Augen, einfach lebendig.

119 I, Hannover, Ernst-August-Platz. – Liebe Freundin, Du erscheinst wie der Verkündigungsengel in einem langen, cremefarbenen Kleid am Graben und rufst, dass Du fortan keinen Whisky mehr trinken wirst. Aber warum eigentlich? Sei doch froh, dass Du überhaupt wieder einen in die Finger kriegst.

Während Du im Krankenhaus warst, habe ich vor lauter Sorge um Dich Unmengen Erdnüsse mit Wasabi- oder Tom-Yum-Überzug gegessen. Resultat: Kieferchirurgie. Damit mein Biss wieder stimmt, muss ich ein Jahr lang eine Zahnschiene tragen.

Jakob hat mir angedroht, dass er mich verlässt, sollte ich jemals wieder Erdnüsse essen.

Außerdem fliegt er jetzt allein nach Island.

Das alles Deinetwegen!

Aber Du kannst nichts dafür. Wie gemein von mir.

Nach Deiner Nachricht habe ich Dich überall gesucht. An der Pestsäule jedenfalls standest Du nicht.

120 M, Wien, Am Graben. — Um meine Heilung voranzutreiben, war Heinrich viel unterwegs mit mir. Eigentlich, um mich abzulenken. Damit ich nicht ständig auf meine Narbe und die sechs Löcher in meinem Bauch starre. Wir waren in Bädern, wie damals die russischen Schriftsteller, und Heinrich hat viel Geld dort ausgegeben. Für mich war es anstrengend in dieser Gesellschaft. Unter Leuten zu sein, die, wenn sie aufs Klo müssen, sagen, sie wollen Blumen pflücken, ist schwer zu ertragen. Ich kann ja meinen Mund nicht halten. Bin manchmal unangenehm aufgefallen, zum Beispiel fragte ich eine Tischnachbarin, die so viel Müll geschwafelt hat, was für ein Produkt sie verwende, um ihre Haare zu färben. Sie hatte sich die ganze Zeit gebrüstet, eine echte Blondine zu sein. Zum Glück lernte ich einen Mann kennen, der eine Art Prinzessin begleitete, ein verschrumpeltes Fräulein. Er versicherte, er sei kein Gigolo, nur ein Geschichtenerzähler. Merkwürdiger Vogel. Er erzählte, dass er eigentlich am liebsten mit Kindern zusammen sei. Er habe kleine Freundinnen, die ihm gemalte Herzen unter den Fußabstreifer legen. Wie klein?, fragte ich. Acht Jahre und nicht mehr, sagte er. Einmal habe er bei einem langweiligen Fest im Garten gespielt und die Kinder, sechs an der Zahl, in den Apfelbaum gehängt und sie wie Glocken geschaukelt, bis dann der Hausherr kam und dem Ganzen ein Ende bereitete.

Was soll ich Dir sagen? Bin wieder in Wien und würde mich auf Deinen Besuch freuen. Würde, wie schon tausendmal angekündigt, an der Pestsäule auf Dich warten.

121 I, Hannover, Ernst-August-Platz. — Sechs Löcher, schreibst Du, sind in Deinem Bauch. Was bei mir da los ist, weiß ich nicht. Ich hatte einmal in letzter Minute eine Blinddarmoperation. Aber schon vor vielen Jahren.

Einmal hat mir eine Wahrsagerin gesagt, sechs sei meine Glückszahl. So ein Unsinn! Zumal meine Sympathie der Neun gehört. Mit ihr stimmt alles. Aber eigentlich mag ich die Elf. Sie fällt mit der Neun und ist eine Primzahl.

Ist Dir noch nie aufgefallen, dass Geschichtenerzähler, die Kinder in Apfelbäume hängen, keine richtigen Schuhe tragen? Sie schlurfen durch die Straßen wie durchsichtige Eminenzen. Trittst du vor sie, bemerken sie dich nicht.

Liebe Freundin, ich erhalte seltsame Post. Teile zerschnittener Fotos. Leider erkenne ich nicht, was darauf ist.

Vor fünfzehn Jahren, ich wohnte in München, ist mir das schon einmal passiert. Es blieb natürlich nicht dabei. Bald fing der Telefonterror an. Dauernd rief ein Mann an und beschimpfte mich.

Jakob, der damals in New York arbeitete, riet mir, zur Polizei zu gehen oder eine Trillerpfeife zu kaufen.

Hat aber beides nicht genützt.

Irgendwann hörte der Spuk auf.

Ich stellte mir vor, der Mann sei tot.

Nun kommt wieder diese grauenhafte Angst.

Liebe Freundin, was soll ich tun?

122 M, Wien, Am Graben. – Finde Dich damit ab: In der Natur wird gemordet! Wovor hast Du Angst? Dass Dein Freund tot ist oder dass er Dich verlässt. Beides ist schlimm. Und verlässt Dich Dein Freund wegen einer anderen Frau, wäre es besser, er wäre gestorben. Aber ich glaube ja gar nicht, dass Dich Dein Jakob verlässt. Dazu seid Ihr beide viel zu fest verknotet. Euch kriegt nicht einmal ein Fachmann auf.

Als wir in Wien ankamen, hat Heinrich, wie es seine Gewohnheit ist, zuerst nach der Post geschaut. Am auffälligsten war ein relativ großer Brief, mit einer Kinderschrift versehen. Inwendig war mit ausgeschnittenen Buchstaben ein Drohbrief gebastelt, und er lautete folgendermaßen: »Ich lasse Ihnen bis morgen Mittag Zeit, um unter Ihrem Fußabstreifer hundert Euro zu verstecken. Versuchen Sie nicht, mich abzufangen, sonst stirbt Ihre Katze, wie auch Ihre Katze stirbt, wenn das Geld nicht versteckt ist.«

Du weißt ja, dass wir kein Haustier haben.

Heinrich war so amüsiert über diese Post, besonders über die Formulierung »unter dem Fußabstreifer verstecken«, dass er sogleich hundert Euro in ein Kuvert gesteckt und folgenden Brief dazu verfasst hat:

»Lieber Freund, ich habe keine Katze, kann Dir aber anderweitig Rat geben. Um die Ecke wohnt ein Nachfahre von Meinl (der mit dem Mohren), und der hat einen rosaroten Zwergpudel, so einen gibt es nur einmal in Wien. Seine Frau, eine aufgehellte Blondine (circa fünfzig Jahre alt), in Gucci gekleidet, führt ihn pünktlich jeden Tag um 18.15 Uhr spazieren, um die Ecke. Lenk sie mit einem Freund ab, sag, der Pudel habe seine Haarschleife verloren, und schon schnappt Ihr ihn. Ehe sie sichs versieht, rennt Ihr in meinen Hauseingang, ich erwarte Euch und stelle meinen Keller als Versteck zur Verfügung. Da die Meinls bekanntlich sehr reich sind, würde ich an Deiner Stelle fünftausend Euro verlangen.«

Bin gespannt, was daraus wird.

123 I, Hannover, Ernst-August-Platz. — Ich habe Angst vor Leuten, deren Hass auf mich so groß ist, dass sie sogar meiner Familie etwas antun würden. Ich habe entsetzliche Angst vor Leuten mit Messern.

Die Person ist wieder da. Das weiß ich. Es ist dieselbe Art, Fotos zu zerschneiden, die Papierschnitzel in das Kuvert zu geben und das Ganze, zusammen mit einem schwarzen Steinherz, in den Briefkasten zu legen.

Jakob sagt, er beschützt mich. Aber wie soll das gehen? Jakob ist oft beruflich unterwegs. Und ich kenne hier niemanden.

Ich dachte, ab fünfzig hört das mit dem Nachstellen auf.

So funktioniert das nicht, meint Jakob.

Wegen dieser Geschichte bin ich komplett durch den Wind.

Gestern war ich so durcheinander, dass ich, als ich vom Einkaufen zurückkam, meinen Wohnungsschlüssel nicht mehr fand. Im Einkaufszentrum fragte ich überall nach. Aber keiner hatte ihn gefunden.

Deprimiert und erschöpft setzte ich mich auf eine Bank.

Neben mir führte ein Typ auf seinem Smartphone ein Dauergespräch: Ich brauche einen Toten, rief er, keine Leiche! Bis morgen um zehn. Am liebsten einen, dem zu Lebzeiten übel mitgespielt worden ist. Einen Trottel, der sich alles hat gefallen lassen.

Der Mann wurde immer lauter. Morgen früh, schrie er, bist du im Büro! Nicht vergessen: dunkelblauer Anzug, blassgelbe Krawatte.

Wir tragen Trauer, verstehst du! Das muss rüberkommen. Kein Rasierwasser!

Dann steckte er das Smartphone ein.

Ich habe Ihnen zugehört.

Und? Er sah mich an. Sind Sie davon schöner geworden? Er reichte mir eine orangefarbene Visitenkarte. Für Leute, die nicht ewig leben wollen, sagte er. Anselm Fuchs M.A. Grabredner

www.die-schoene-trauer.de

124 M, Wien, Am Graben. — Die Polizei war bei uns in Begleitung von zwei Buben, die aussagten, das mit dem Meinl-Hund sei alles Heinrichs Idee gewesen. Den Drohbrief verschwiegen sie. Heinrich gab alles zu, sagte, er war sich sicher, es würde sich um Spaß handeln. Er sei ein verwirrter alter Mann. Die Buben hatten die aufblondierte Frau Meinl mit der verlorenen Hundehalsschleife abgelenkt, und einer der beiden hatte ihren Luxushund gepackt. Weil der aber augenblicklich gebissen hatte, war er sofort wieder auf der Straße gelandet. Die vornehme Frau Meinl erstattete Anzeige.

Heinrich zahlte zweihundert Euro Strafe wegen Irreführung der Polizei. Ein Verfahren wurde niedergeschlagen. Er zwinkerte den Buben zu, die beide in verschiedene Richtungen davonliefen.

Und, hast Du Deinen Wohnungsschlüssel wiedergefunden? Oder bist Du durch die geschlossene Tür gegangen?

Mit den bösen Menschen ist das so eine Sache. Heinrich ist oft amüsiert über mich, weil ich mir einbilde, dass niemand etwas Böses von mir denkt. Noch nie in meinem Leben habe ich einen Drohbrief bekommen. Kann mir auch nicht vorstellen, dass jemand Nadeln in meinen Namen bohrt. Es mag wohl daran liegen, meint zumindest Heinrich, dass ich auch keinem Böses wünsche, und wenn ich einmal zornig bin, fluche ich zwar auf denjenigen und stampfe, aber dann ist es vorbei.

Sei nicht kopflos! Ich sehe Dich vor mir, wie Du im Supermarkt nach dem Wohnungsschlüssel suchst, und die bösen Leute denken, dass Du nicht alle Tassen im Schrank hast. Grab ein Loch in der Nähe Deines Wohnblocks und deponiere dort einen Zweitschlüssel, aber bitte, wenn Du gräbst, achte darauf, dass Dir keiner dabei zusieht.

Was ist mit unserem Treffen an der Pestsäule?

125 I, Hannover, Ernst-August-Platz. – Liebe Freundin, wir sind alt und hohlwangig, aber dick im Geschäft. Du rauchst eine Havanna, während ich in die Gegend blinzle. Bald wirst Du mich fragen, ob ich einen Caipirinha trinken will. Nein, ich will nichts trinken.

Du trägst Sonnenbrillen. Warum eigentlich über das ganze Gesicht?

In den Heimatfilmen der frühen sechziger Jahre sieht man reihenweise fröhliche Mädchen mit Petticoats und junge Männer, braungebrannt wie ein Apfelstrudel, Grashalme kauen.

Sobald ich diese Filme sehe, bin ich verunsichert. War es so oder nicht? Meine Schwester und ich trugen auch lila Petticoats. Und ich erinnere mich an einen Omnibuschauffeur mit Goldzähnen, Dreitagebart. Ebenfalls einen Grashalm kauend.

Als Kind mochte ich den Kirchtag. Da haben die Erwachsenen mit uns Walzer getanzt. Zum Essen gab es Schöpsernes, dazu Krautsalat. Später Krapfen. Meine Schwester und ich kauften an einem der Stände Armreifen und Kettchen.

Am Nachmittag spielten die Musikanten für jede Familie einen Tusch. Als wir an der Reihe waren, wäre ich am liebsten im Erdboden versunken.

Liebe Freundin, Du bist plötzlich kreideweiß! Geht es Dir nicht gut?

Ich habe Angst, dass Du umfällst.

Kennst Du das Ölgemälde von Géricault, *Das Derby von Epsom*?

Darauf jagen vier Reiter auf ihren Pferden unter schwarzen Gewitterwolken über die Rennbahn. Die Pferde sind so lang, als wären sie in der Mitte auseinandergezogen. Man hat das Gefühl, sie können nie mehr stehen bleiben.

126 M, Wien, Am Graben. – Wegen eines kleinen Gedichts, das in der FAZ abgedruckt war (Heinrich hat es ohne mein Wissen hingeschickt), kamen Kameraleute, um ein Porträt von mir zu machen. Ich war nicht einmal beim Frisör, sollte ich die Haare fridakahlomäßig aufstecken oder sie einfach hängen lassen? (Das sieht so nachlässig aus – oder ist Nachlässigkeit sogar das Angesagte?) Das also, meine Liebe, sind die Sorgen Deiner oberflächlichen Kinderfreundin – obwohl ja die Oberfläche auch nicht zu unterschätzen ist – die Untersuchung der Oberfläche könnte eine philosophische Abhandlung abgeben.

Das Gedicht:

> *Sie griff in den Kühlschrank*
> *Die schräge Lampe*
> *verfärbte den Wurstanschnitt*
> *und leuchtete auf ihre Fingernägel*
> *Sie trank den Birnensaft leer*
> *und als sie wieder draußen war*
> *im Tageslicht – donnerstags*
> *zitterte sie*
> *spülte ihren Mund mit Wodka*
> *und legte sich zwei Stunden später*
> *ins blaue Salzbad*

Also, gerade sind die Filmleute da, und ich denke, es ist witzig, wenn ich Dir schreibe, während sie filmen, sie können ja nicht wissen, was ich da fabriziere, aber während der Kameramann um mich herumschleicht, denke ich gerade, Du sitzt im Wald auf einem Moosteppich, und um Dich herum wachsen Fliegenpilze, iss sie ja nicht, sage ich zu Dir, weißt ja, was dann passiert, pflück sie vorsichtig, am Abend bringst Du sie mit nach Hause, legst sie auf einen dunklen Platz, ich schütte Milch darüber, und morgen ist die Milch grünlich und das Gift ist fast heraus, lässt aber noch so viel drin, dass wir, wenn wir die Pilze dann zu Polenta essen, sehr bald gut fidel sein werden. Ist interessant, weil es bei jedem anders wirkt. Heinrich, diesem Giftler, zum Beispiel tut es gar nichts, der ist das ja gewohnt, mir stellt es die Härchen auf. Aber wirklich, komm morgen!!!

Jetzt steht er mit der Kamera hinter meinem Rücken und filmt mir auf den Kopf auf die verfilzten Haare, o Gott, hätte mich doch noch kämmen sollen, dachte aber, ein bisschen zerwühlt passt zu meinem Inwendigen. Jetzt zielt er mit der Kamera auf meine Finger, die auf die Tasten hauen, wenn er wüsste, was ich da für einen Unsinn schreibe, er hat gerade gesagt, dass er Blunzengröstl liebt, er hat ein Flinserl im Ohr. Ich soll einfach weiterschreiben. Wenn der wüsste, dass mein Hirn da gar nicht mehr mittut, tippen, so tun, als denke ich, tippen … Wenn Du dann vom Moos aufgestanden bist, schau, ob Du ein paar Maiglöckchen findest, hab schon lange keine mehr gerochen, ich liebe sie. Habe in Leipzig einen Übersetzer kennengelernt, er übersetzt aus dem Bulgarischen, einen Flattermann, er schreibt mir kluge Mails. Er lebt mit so wenig Geld, das kannst selbst Du Dir nicht vorstellen. Beim Frühstück in dem Viersternehotel in Leipzig hat er in seinen Rucksack einiges an Schwarzbrot eingepackt, das wollte er nach Sofia mitnehmen – kann man gut aufbacken oder mit einem Ei eine vorzügliche Nachspeise kreieren, sagte der Flattermann.

127 I, Hannover, Ernst-August-Platz. — Liebe Freundin, statt fridakahlomäßig hab ich frikadellenmäßig gelesen. Dauernd lese ich Dinge, die gar nicht dastehen. Einerseits furchtbar, wenn man bedenkt, was man durch ungenaues Lesen alles anrichten kann, andererseits lustig, weil es unerwartete Wendungen herbeiführen kann.

Pilze, Pilze. Nach dem Regen sind sie da. Eierschwammerln haften wie gelbe Broschen auf dem Waldboden.

Ganz anders der dicke Steinpilz, der Parasol mit dem Sombrero und dem Ring um den Hals, die Morcheln, die wie kleine vermoderte Pharaonen aussehen.

Und der Fliegenpilz? Solche Hüte tragen nur Königinnen, die Gift und Galle spucken.

Was ist ein Blunzengröstl? Hört sich nach Kannibalismus an.

Die letzten Maiglöckchen kaufte ich 2008 auf einem Wochenmarkt.

Ich komme an keiner Blume vorbei, ohne an ihr zu riechen. Meine Erinnerung besteht aus Gerüchen. Kein Tagebuch, keine Briefe. Einmal bin ich auf den Kopf gefallen. Da roch plötzlich alles gleich. Ich war entsetzt. Wollte nur noch mit einem Raumschiff abhauen.

Vorgestern hatte es hier neunundzwanzig Grad und heute Morgen waren es zwei Grad.

Jakob sagt, dass er nach langen Autofahrten keine toten Insekten mehr auf der Windschutzscheibe findet. Noch vor wenigen Jahren war das anders. Die Scheiben waren voll davon.

Liebe Freundin, ein Kameramann, der den Hinterkopf filmt, muss ein Profi sein. Sonst sieht Dein Scheitel aus wie eine gebrauchte Zahnbürste. Auch die Finger, mit denen Du, wie Du schreibst, auf die Tasten haust, erkennst Du sonst nicht wieder.

Ich besuche Dich morgen. Aber nur, wenn Du Polenta kochst.

128 M, Wien, Am Graben. – *Raumpatrouille*. Weißt Du eigentlich, was die Requisiteure als Steuerknüppel des Kommandanten verwendet haben? Ein Bügeleisen, habe ich gelesen, ist doch wirklich formidabel!

Wenn ich etwas kann, dann ist es Polenta-Kochen. Heinrich ist ganz verrückt danach, für ihn mache ich den Polenta mit Parmesan, für meine Kinder habe ich ihn lange gestampft, und dann haben sie ihn als Riebel gegessen – mit Milchkaffee.

Wie hättest Du ihn denn gern?

Ich fühle mich heute so dumm, verzeih mir!

129 I, Hannover, Ernst-August-Platz. – Warum bittest Du mich um Verzeihung, wenn Du Dich dumm fühlst. Geh schwimmen! Danach hängt der Himmel wieder voller Geigen.

Aber bitte, komm nicht in meine Nähe, wenn Du kribbelig wirst und Dir nichts mehr passt. In so einem Zustand hast Du einmal alle Vorhänge in meiner Wohnung heruntergerissen und wie eine Furie darauf herumgetrampelt. Angst hatte ich nicht vor Dir. Dazu sah das einfach zu komisch aus. Aber die wunderschönen Vorhänge! Ein Erbgeschenk meiner Tante.

Noch heute fange ich an zu weinen, wenn ich daran denke, was Du angerichtet hast. Reinigen, nähen oder sie sonst irgendwie wieder zusammenflicken hätte nichts gebracht. Du hast sie einfach komplett ruiniert. Aber ich habe Dir am nächsten Tag schon wieder verziehen.

Wenn ich Dich besuche, die Polenta bitte nicht fest!

130 M, Wien, Am Graben. – Ich habe ziemlich viel Verzweiflung niedergeschlafen, und jetzt, halbwegs normal, will ich mich an den Herd stellen und Spiegeleier braten. Dann will ich mir die Haare färben, mich ins Bad setzen, ein paar Turnübungen machen und mich dann, frisch und fröhlich, an den Frühstückstisch setzen. Unsinn! Die Reihenfolge ist falsch. Nach dem Eierbraten stinken meine Haare, und mein Morgenmantel riecht nach Fett. Ich decke den Tisch, zupfe aus dem alten Blumenstrauß die verwelkten Blüten, wässere neu ein, hole aus dem Rohr das gebähte Brot und rufe Heinrich. Er setzt sich mit dem Pyjama an den Tisch, angelt sich die Zeitung und schaut, ob seine Facebook-Aktie immer noch nicht gestiegen ist. Er will nicht mit mir reden. Vor dem Fenster fällt Regen, ich sage, Robin Gibb ist gestorben, er reagiert nicht. Ich will noch sagen, so ins Leere hinein, dass ich die Bee Gees nie gemocht habe, finde es aber gleich geschmacklos und wünsche dem Toten ein gutes Leben im Jenseits. Sie waren mir einfach immer zu nett, denke ich weiter, Robin Gibb und seine Brüder, sage aber wieder nichts und gehe endlich ins Bad. Wähle als Färbungsfarbe Naturbraun, weil ich mich gerade seriös fühle. Ich setze mich in das Bad mit Zitronenduft. Mir fällt noch ein, dass Robin Gibbs Zwillingsbruder irgendwann ertrunken ist, oder verwechsle ich da etwas, was man alles im Kopf aufbewahrt. Ich habe Heinrich abgeraten, sich Facebook-Aktien zu kaufen, aber so ist er halt. Seine Bühne gestaltet er selbst. Ich föhne mir die Haare deshalb nicht, weil sie dann meinen Kopf ums Doppelte vergrößern. Der zwölfmilliardenschwere Russe Roman Abramowitsch sieht seine Phantasien erfüllt – seine Chelsea-Mannschaft hat das Match gegen Bayern gewonnen, während der Life-Ball stattfand. Die Straßen waren menschenleer. Den Ausklang des Life-Balls sah ich mir im Fernsehen an. Es gab eine langweilige Modeschau, und Bill Clinton sah irgendwie krank aus, ziemlich abgemagert. Also, nach der Cremespülung greifen sich die Haare weich an. Heinrich sagt, dass es in Norditalien ein Erdbeben gegeben hat, sieben Menschen seien gestorben, die Leute würden im Freien schlafen, trotz heftigem Regen. Seien wir doch froh um unser schönes Leben, sagt er und bringt mir ein Glas kalte Milch. Er hat vergessen, dass ich keine Milch mehr trinke, weil ich aber gerührt bin über seine Geste, warte ich, bis er sich umdreht, und leere die Milch in den Gummibaum. So hört sich das Gelächter des Schicksals an.

Ich warte mit dem Leiterwagen an der Pestsäule – um mich herum Japaner, die mich als »typisch Wien« fotografieren, eine Exzentrikerin mit einem Leiterwagen – und Du hast mich im Stich gelassen – da muss Dir aber eine gute Ausrede einfallen.

131 I, Hannover, Ernst-August-Platz. — Liebe Freundin, Du wartest an der Pestsäule auf mich, während ich, etliche hundert Kilometer südlich von Dir, für die Kleinen im Hexenhäusl meine Omazaubergerichte koche. Spaghetti mit spezieller Soße. Gelbe Rübli. Gurken. Frittatensuppe. Pizza. Natürlich keine fertige Pizza. Die Kleinen wollen helfen! Ich bin froh, dass sie keine Schokolade drauflegen.

Marillen- und Germknödel stehen ebenfalls hoch im Kurs. Polenta eignet sich, ihrer Meinung nach, besser zum Kneten.

Unter dem Hexenhäusldach haben Schwalben Nester gebaut. Die Wespen graue Städte.

Sobald es regnet, kommen aus allen Richtungen Feuersalamander und steigen durch das Gras wie Krieger in schwarz glänzenden Harnischen.

Auf der Veranda lag gestern plötzlich eine Ringelnatter. Mir blieb vor Schreck fast das Herz stehen.

Als Kind fand ich diese Viecher oft im Korb, mit dem ich Brennholz holte.

Mit meinen beiden Kleinen stehe ich mitten in der Magerwiese, die sich um uns herum ausbreitet wie eine riesige Bürste voller Frühlingsblumen. Der fünfjährige Davide will Schmetterlinge fotografieren, die nicht ganz zweijährige Martha versucht, Schuhe, Socken, Windel auszuziehen.

Die Eltern liegen alle flach wegen Pollen.

132 M, Wien, Am Graben. – Wie ist das, mit unserer Kommunikation? Hast Du einen anderen Kalender als ich? Es gibt einen Diktator, der so größenwahnsinnig ist, dass er seinem Volk befohlen hat, die Wochentage so zu benennen, wie er es befiehlt, nämlich nach seinen Kindern und Geliebten, heißt dann ein Mittwoch Zhen-Wei Wang und so weiter, und wie heißen bei Dir die Wochentage, oder sind nur die Zahlen anders?

Ich bin bei der Pestsäule gern gesehen, eine Art Wahrzeichen inzwischen, weil ich so oft davorstehe und auf Dich warte. Heinrich will mich das nächste Mal anmalen, so silbrig, ich muss dann stillstehen und mich von den Italienern, Japanern und den vielen Chinesen anglotzen lassen, ich stelle einen silbrigen Hut auf die Erde, bin gespannt, was dann passiert. Meine süßen Enkel schaue ich nur auf den Fotos an, da bleiben sie immer gleich und lächeln mich an, in Wirklichkeit aber, sagt meine Tochter am Telefon, sind sie gar nicht so einfach, Anton zum Beispiel soll ein Teufelchen sein, der in fünf Minuten ein Chaos anrichten kann wie bei einem kleineren Erdbeben.

Ja, kochen, Du bist eine Traummomama mit Deinen Pizzas, ich beneide Dich. Heinrich tunkt sein Brot in flüssige Schokolade, er sagt, das gibt ihm Trost. Und ich frage: »Trost wofür?« Und er: »Trost für mein verwundetes Herz.« Und ich: »Soll ich daran schuld sein?« Und er: »Das schwere Leben, mein Liebling.«

So sieht das bei uns aus in Wien, regennasser Asphalt, Lucy, die Hundertjährige, spielt trotz allem auf ihrem Saxofon in der Wollzeile. Ihre wenigen Härchen hat sie mit einer Mädchenspange aus Glitzer um ein Schwänzchen mitten auf ihrem Kopf gedreht. Wie sind wir wohl als Hundertjährige, ich glaube, ich werde eingegangen sein wie ein Kaschmirpullover, der mit Kochwaschmittel misshandelt worden ist.

Sei geküsst (auf Deine fahle Wange).

133 I, Hannover, Ernst-August-Platz. – Liebe Freundin, solang Du nicht zuckst, während Du an der Pestsäule stehst und bemalt wirst, ist alles gut.

Wunderbar! Du als silbriges Wahrzeichen mit einer Rose in der Hand! Octavian! Octavian! Rufen die Fotografen. Dann zieht die Klangwolke auf.

Du bist groß wie der Burj in Dubai. Beweg Dich nicht! Sonst zerbrichst Du in tausend Scherben.

Ich hab keine fahle Wange! Schließlich reib ich sie jeden Tag mit ausgekochtem Espressopulver ab.

134 M, Wien, Am Graben. – Siehst Du, wie das funktioniert? Ich verwende das Wort »fahl«, weil ich will, dass Du Dich darüber aufregst. Espressopulver, und das wirkt? Außerdem habe ich keine Rose in der Hand. Ich beiße heimlich von einer Leberkässemmel ab, an den Rändern ist sie schon silbrig. Wenn die Japaner wegschauen, kann ich in Ruhe kauen. Was ist das für ein Leben! Heinrich wartet auf mich und will das Silber bei mir abwaschen. Ich liege dann in der heißen Wanne, und die Farbe bildet einen klebrigen, etwas fetten Film am Wannenrand. Ich sage, es ist als würde ich ein Quecksilberbad nehmen. Da fällt mir ein, dass mein verstorbenes Mädchen einmal ein Fieberthermometer zerbrochen hat, und ich, in meiner Panik, nach den Quecksilberkügelchen gesucht habe, in der Angst, mein Baby könnte sie geschluckt haben. Und einmal, als ich bügelte, hat das Telefon geläutet, und als ich den Hörer abgenommen hatte, sah ich, wie mein Baby sich über die kleine Handfläche gebügelt hat. Es war ein Jammer, so ein Jammer!!!

135 I, Hannover, Ernst-August-Platz. – Ich lege mich nie in die Badewanne. Mir tut danach immer der Kopf weh. Außerdem wird das Wasser so schnell kalt. Steigt man aus der vollen Wanne, nimmt man gleich einen ganzen Wasservorrat am Körper mit. Ich friere sowieso immer. Das hab ich von meiner Mama. Aber sie hat, im Gegensatz zu mir, warme Hände. Die krieg ich nur, wenn ich Wollsocken wasche.

Ob Espressopulver gegen fahle Wangen bei jedem hilft, bezweifle ich. Am besten wäre ein Vollbart.

Am liebsten tanze ich. Jakob sagt, das gefällt ihm.

Ich tanze jeden Tag. Manchmal zittere ich. Dann geht es nicht.

136 M, Wien, Am Graben. – Warum geht tanzen und zittern nicht gleichzeitig, viele Tänze sehen doch aus wie gezittert. Ich kann zum Beispiel einen Zittertanz, bei dem meine Haare das ganze Gesicht verhängen, als wäre ein Vorhang zu, und es würde starker Wind wehen. Dazu wackle ich mit den Hüften und stoße spitze Schreie aus. Das mache ich meistens am Vormittag, wenn Heinrich die Post erledigt, manchmal linst er zu mir ins Zimmer herüber und kichert in seine Fäuste. Er sagt dazu nicht viel. Ich will auf keinen Fall seine Post erledigen, er allerdings hätte das sehr gerne. Wahrscheinlich würde er dann zittrig tanzen, und ich müsste ihn heimlich beobachten.

Die Sonne geht unter, und vom vielen Schokoladeessen ist mir schlecht. Ich muss ins Bett. Wenn ich nicht schlafen kann, tue ich so, als schlafe ich, sonst will Heinrich, dass ich wieder aufstehe und mit ihm das blöde Würfelspiel spiele, bei dem ich immer verliere. Er spielt nicht ehrlich, nur leider weiß ich nicht, was er macht. Ich kann ihm nichts beweisen.

137 I, Hannover, Ernst-August-Platz. – Einmal sah ich in einem Auto auf der Ablage hinter der Heckscheibe einen Zitterdackel aus Plastik. Warum fährt so ein Ding mit dir herum, fragte ich den Autobesitzer. Keine Ahnung, sagte er, wahrscheinlich war der immer schon da.

Viele Jahre später traf ich den Mann wieder. Und?, fragte ich. Hast du den Dackel noch?

Welchen Dackel?

Den hinten im Auto.

Suchst du Streit?, fragte der Mann.

Hast du dich vielleicht verändert! Ich wollte gehen.

Der Mann hielt mich zurück. Ein Jammer ist das, sagte er. Das kann sich kein Mensch vorstellen. Seit über vierzig Jahren stirbt meine Frau jeden Tag mindestens einmal. Das hat mich fertiggemacht. Jedes Mal wollte sie von mir wissen, was sie als Leiche anziehen soll. Welche Schuhe, welches Kleid. Welche Dessous. Vorgestern ist sie gestorben. Mir ist nichts eingefallen. Ich habe die Leute vom Bestattungsunternehmen entscheiden lassen.

138 M, Wien, Am Graben. – Einmal muss es gesagt sein! Was Du da machst mit Deinen schön geschriebenen Geschichten – Du lenkst vom Wesentlichen ab. Warum kommst Du nie? Sind Deine Beine amputiert? Gibt es diesen Jakob gar nicht? Wohnst Du, wie wir früher gewohnt haben? Oh, mein Gott, was tust Du mir an mit Deinen Flunkereien. Nie weiß ich, wie ich mit Dir dran bin. Schreib mir definitiv, wann Du an der Pestsäule stehen wirst. Sonst kann ich nicht mehr.

139 I, Hannover, Ernst-August-Platz. – Liebe Freundin, endlich bist Du wieder die Alte! Ich dachte schon, sie hätten Dir im Sanatorium zu viel herausgenommen oder hineingegeben.
 Warum schimpfst Du dauernd? Schau Dich selber an!
 Erzählst mir gestern von einer roten Frau, die Dich holen wollte und so groß war, dass sie zwischen Fußboden und Zimmerdecke eingeklemmt war. Oder hast Du mir das vorgestern erzählt? Oder ist das noch länger her? Du bringst mich total durcheinander mit Deinem: Sonst kann ich nicht mehr.
 Ich finde Puppen unheimlich.
 Kennst Du Chuckie, die Mörderpuppe?
 Sie ist nur eine unter vielen.
 Ich sammle schreckliche Puppen.
 Eine von ihnen singt, sobald ich auf ihren Bauch drücke:

> *Glanz auf dem Tiegel,*
> *Glanz auf dem Spiegel,*
> *Glanz in der Schachtel,*
> *aufgedonnerte, alte Wachtel.*

Diese Puppe begleitet mich schon seit über dreißig Jahren. Ich habe sie auf einem Flohmarkt entdeckt. Da findet man überhaupt unverschämte Puppen.

Meine Freundin, schlafe!

Ich sehe, wenn Deine Mail bei mir eintrifft. Kein Wunder, dass Dir die Pferde davongaloppieren. Schimmelreiterin und ihr Bräutigam. Oder Spinnerei im Altweibersommer.

Gegen Morgen, wenn Du noch immer oder schon wieder nicht geschlafen hast, befallen mich manchmal starke Herzkrämpfe. Die Bezeichnung dafür ist Prinzmetal-Angina. Prinzmetal ist der Name des Arztes, der diese seltenen Spasmen am Herzen als Erster beschrieben hat. In großer Angst schlucke ich dann das für diesen Fall stets bereitliegende Medikament und habe nur den einzigen Wunsch, dass es meinen Liebsten gutgehen möge.

Deine blöde Pestsäule! An der Du, wie Du behauptest, jeden Tag stehst. Und auf mich wartest. Wie Lili Marleen unter der Laterne.

Ich war da. Hab mich dorthin geschlichen. Aber weit und breit keine Spur von Dir. Nicht einmal ein Haucherl. Aber Du behauptest, da gewesen zu sein. Als hättest Du einen Sprung.

Und welche Geschichten Du zum Besten gibst, wenn es darum geht, mir ein schlechtes Gewissen zu machen! Du seist meinetwegen an der Pestsäule festgefroren, zum Standbild erstarrt.

Dass ich nicht lache!

Wahrscheinlich schlürfst Du in einem Kaffeehaus ganz in der Nähe genüsslich einen großen Schwarzen. Während ich wieder einmal auf Dich hereingefallen bin.

Aber sobald ich dann bei Dir zu Hause läute, setzt Du Deinen berüchtigten Turban auf und sagst, jetzt muss ich mich ausruhen. Ohne Rücksicht darauf, dass ich zu Dir gehumpelt bin. Trotz gebrochener Zehe.

140 M, Wien, Am Graben. – Da wird man vom Leben ständig beschädigt, schau Dich an, mir ist zwar nichts an Dir aufgefallen, ist ja auch schon Jahre her, dass ich Dich gesehen habe, aber wie Du sagst, Dein Zeh ist kaputt, Deine Rippen brechen auseinander. Ich bin die, die immer Konflikte schaffen muss, damit etwas passiert. Und zwar müssen es andere sein, nicht irgendwelche von irgendwelchen Leuten, die uns ja den Buckel hinunterrutschen können, und so weiter. Gestern hatte ich eine Lesung im *Magazin 4*, das war wirklich toll, da war nämlich eine saftige Dramaturgie dahinter, zuerst eine Punk-Band, dann ein Transvestit – wunderbar glänzend, mit einem schwarzen geschlitzten Kleid, mindestens drei Kilo falsche Perlen um den Hals, begleitet von einem schwulen Sänger, Kitschlieder, dann eine Schauspielerin, die sittenverderbliche Texte von Schlegel gelesen hat, dann politische Aussagen, fein herausgepickt, vornehmlich von der unsäglichen Freiheitlichen Partei, die ja für Österreich eine Schande ist. Und dann kam ich mit einem Text, atemloser Übergang, das dreimal wie ein Reigen, es war bravourös. Ich habe daraus gelernt, dass ein Tempo wichtig ist, damit die Leute von einer Grube in die nächste fallen, und dann erst zu Hause in ihrem Bett das Ganze Revue passieren lassen können. Was meinst Du, wären so flotte Nummern etwas für uns?

141 I, Hannover, Ernst-August-Platz. – Ich habe keine Lust, nach Deiner Pfeife zu tanzen. Als wärst Du das Gesetz.
   Auch hier fand eine »saftige Dramaturgie« statt.
   Mitten in der Nacht wurde ich durch Schreie wach. Zuerst wusste ich überhaupt nicht, was los ist. Draußen überall Scheinwerferlicht. Polizei, Rettung, Feuerwehr. Später ein Sarg.

Jemand ist ermordet worden, sagten die Leute. Eine Nachbarin. Ich habe sie gekannt. Wir sind einander manchmal im Keller beim Wäscheaufhängen begegnet.

Sie hat ein kleines Kind. Ihr Mann hat sie getötet, behauptete einer. Ein anderer meinte, es sei ihr Liebhaber gewesen. Ich fragte nach dem Kind. Weggebracht. Zu Verwandten. Die Ermordete, deren Mann als Fernfahrer oft wochenlang unterwegs war, hatte immer wieder fremde Männer mit nach Hause genommen.

Ich zündete eine Kerze für die Frau an und hörte von Steve Young *Long Time Rider*.

142 M, Wien, Am Graben. – Glaubst Du jetzt endlich, dass in der Natur gemordet wird! Man glaubt es nicht, was in den Wohnblocks alles passiert. Hast Du den Mann der Ermordeten auch gekannt? Wie heißt die Frau? Ist sie erfunden? Mit unserer Pestsäule wird nie etwas werden. Diese Gewissheit bringt mich zum Weinen. Da wird mit einer fremden Frau Wäsche aufgehängt und nicht an mich gedacht. Könnte es sein, dass es uns gar nicht gibt? Dass unsere Geister schreiben? Und wie man ja weiß, sind Geister unsichtbar. Wahrscheinlich rennen normale Menschen tausendmal am Tag in irgendwelche Geister, ich meine, weil die ihnen in die Quere kommen. Und nichts passiert. Oder ist alles, was passiert, diesen Zusammenstößen zuzuordnen. Könnte ja sein. Ich zwicke mich gerade in den Arm, und es tut weh. Frag mich also, wenn ein Geist sich in den Arm zwickt, spürt er das? Das und Ähnliches überlegt sich Deine alte Freundin.

143 I, Hannover, Ernst-August-Platz. – Kein Grund zum Weinen. Pestsäulen bleiben an einem haften. Und diese erst recht. Dort haben wir unser Gipfelkreuz aufgestellt. Jeden Tag steht eine von uns da und hält pathetisch die Fahne der roten Leuchtkäfer in der Hand.

Wir sind zwei ungebundene Geister aus Bretons *Nadja*. Oder Lara-Croft-Schwestern aus *Tomb Raider*. Wir glauben an Anti-Aging-Produkte und an die Macht der Liebe!

Solange ich bei meinen Eltern gewohnt habe, lebte ich in einem Haus.

Danach waren es immer Wohnblocks.

Den Mann der Ermordeten habe ich gekannt. Aber nur vom Sehen.

Nach diesem Verbrechen konnte ich eine Zeitlang nicht mehr gerade gehen.

144 M, Wien, Am Graben. – Doch, ich weine. Ich habe die ganze Nacht geweint, und als mich Heinrich am Morgen gefragt hat, warum ich weine, habe ich gesagt: »Ich weine doch gar nicht, bin nur verschnupft.« Und warum ich weine. Am Anfang wusste ich es, da war ich voller Sehnsucht, ich hab um mein totes Mädchen geweint, und dann, je weiter die Stunden vorangeschritten waren, umso mehr vermischte sich der Grund, ich hatte auch den Eindruck, dass ich um die Welt weine, da hab ich kurz über mich gelacht, weil das so idiotisch ist, aber gleich hab ich weitergeweint. So hat das also in einen schlechten Tag gemündet. Ich sehe furchtbar aus. Könntest Du mich sehen, würdest Du vor Entsetzen fortlaufen. Also lege ich mich gleich für zwei Stunden ins Bad, halte mir abwechselnd kalte und heiße Waschlappen ins Gesicht und hoffe, dass ich, wenn ich zu Mittag aufstehe, wieder ein normaler Mensch geworden bin. Außerdem verreise ich. Eine Arbeitsreise, frag mich nicht, wie ich das schaffen will. Ich muss Texte vorlesen, die ich, wenn ich sie lese, nur noch mittelmäßig finde. Ich werde gleich nach meiner Arbeit ins Hotelzimmer gehen und eine Xanor einwerfen, dann werde ich schlafen, am nächsten Tag werde ich noch einmal lesen, nach einem Hang-over, dann aber, nach einem Glas Vitaminsaft gut hergestellt, werde ich meine Texte großartig finden. Am Abend, wieder im Hotel, nachdem ich mit den Veranstaltern ein Steak gegessen habe, werde ich mich von einem Traum forttragen lassen und so weiter, bis ich wieder zu Hause bin.

145 I, Hannover, Ernst-August-Platz. — Liebe Freundin, bist Du verreist? Mit Deinen zwei großen gelben Taschen. Nimmst Du eigentlich ein Kopfpolster mit?

Liegst Du jetzt am Lanzeron-Strand in Odessa und freust Dich, dass Du mir eins ausgewischt hast? Aber warum eigentlich?

Ich habe mich noch nie von der Sonne braten lassen.

Früher habe ich mit den Kindern in Rohrspitz nach dem Schwimmen gern Federball gespielt. Dabei stolperte ich einmal über eine auf ihrem Badetuch eingeschlafene Frau. Die rang dann ein paar Minuten nach Luft. Ich entschuldigte mich bei ihr. Aber sie meinte, ich wäre eine blöde Kuh.

Isst Du eigentlich gern Knoblauch? Danach kann man süchtig werden. Wie ein Trinker oder Spieler. Es war mir egal, wenn die Leute im Omnibus fragten, wer stinkt hier so nach Knoblauch? Einmal bat mich die Zahnarzthelferin, am Abend vor der Behandlung keinen Knoblauch zu essen. Sie müsse jedes Mal, wenn ich da gewesen sei, das Fenster öffnen. Da würden auch die vielen von mir gelutschten Bonbons nichts nützen, weil die Haut den Geruch ausdünstet.

Das war wie ein Abgrund. Das kannst Du mir glauben. Trotzdem presste ich immer mehr Knoblauch ins Essen. Ich lebte damals allein. Jakob ging für ein Jahr nach Island.

Eines Tages hatte ich so viel Knoblauch zu mir genommen, dass ich davon erbrach.

Seitdem ist Schluss.

Liebe Freundin, warum meldest Du Dich nicht? Auch wenn nichts in Ordnung ist, hoffe ich doch, es ist alles in Ordnung.

Gestern ging vor mir eine Frau, die sah Dir ähnlich. Zuerst dachte ich, Du bist es. Aber dann hat sie geredet. Schade, wäre das doch eine lustige Begegnung geworden. Noch dazu, ohne dass wir etwas ausgemacht hätten. Als hätte der Globus kurz gewackelt und die Leute wären dadurch woandershin gefallen. Und Du ausgerechnet vor meine Füße. Dann hättest Du zu mir gesagt, die Welt ist klein. Und ich hätte Dir darauf geantwortet: Wieso? Auf dem Holodeck der *Enterprise* geschieht das dauernd. Aber keiner wundert sich darüber.

Überleben ist eine einzige Verteidigung von Hindernissen, um nicht das zu tun, was man tun muss, würde Officer Worf über die Menschen in das Logbuch schreiben.

Aber er ist ein Klingone und verfügt über einen Ehrenkodex, der für Erdlinge nicht zu bewältigen wäre.

Während meiner Obdachlosenzeit war Lieutenant Commander Worf von der Sternenflotte mein Überlebenshelfer.

Heute ist Samstag, der 23. Juni. Es hat zwölf Grad. Letztes Jahr habe ich durch den ganzen Sommer Wollpullover getragen.

Kommt es Dir nicht auch vor, dass es zunehmend von überall her nach Baldrian stinkt? Obwohl kein Mensch mehr Baldrian zu sich nimmt. Es kommt mir auch so vor, als ob Leute irgendwelche Pflaster auf der Haut trügen, die nach faulen Eiern riechen. Aber die Leute tragen keine solchen

Pflaster mehr auf der Haut. Es ist einfach nur mein kaputter Magen, der die Gerüche potenziert. Und mir auf diese Weise Übelkeit verursacht.

Vielleicht sind es aber nur die vielen Pfirsich-&-Joghurt-Lollis, die ich während der Fußball-Europameisterschaft lutsche. Ich sehe mir jedes Spiel im Fernsehen an. Schon als kleines Mädchen habe ich mit meinem Papa und den Onkels vor dem Radioapparat gehockt und bei den Weltmeisterschaften mitgefiebert.

In einem Fußballstadion war ich noch nie. Ich kriege Panik vor großen Menschenansammlungen. Ich war ein einziges Mal bei einem Fußballspiel. Lach jetzt nicht. Vor fast dreißig Jahren beim FC Blum in Höchst. Damals war der Niki Lauda da. Das war noch vor seinem Unfall. Kennst Du den Eissport Curling? Den finde ich lustig. Eignet sich aber nicht so gut für eine Fernsehübertragung. Ebenso wie Schach. Das ich täglich spiele.

Sag nicht wieder, dass ich mit meinen Geschichten vom Wesentlichen abrücke. Vertrau mir einfach.

146 M, Wien, Am Graben. — So ein Gebirge aus Daunen und Bettfedern ist ein Glück für die Menschheit, wenn nur alle so eins hätten, die unter der Brücke genauso wie die in Mexiko City, nur dort in Form von ausbezahltem Geld, so eine Daunendecke ist ja nicht billig. Heinrich macht sich über meine Sozialgedanken lustig, er sagt, als Gast in einem Entwicklungsland würde er sich genau so aufführen wie zu Hause, Menü mit Suppe und Hauptgang und Nachspeise, ich aber würde gar nicht in einem Entwicklungsland urlauben (er übrigens auch nicht), er liebt es, mich zu provozieren. Sollen die Regierungen, stachle ich weiter, doch in Menschen investieren und alles, was damit zusammenhängt, Bildung und so weiter, wenn sie das täten, nur so viel, wie sie in ihre Wasserleitungen investieren, ich weiß, ich bin naiv, Heinrich stimmt ein Wasserleitungslied an mit dem Refrain »und kein Geld mehr für das Nötigste, für das Nötigste, für das Nötigste«. Aber, sage ich, lieber naiv als abgebrüht. Da sagt Heinrich, abgebrüht bist du zudem noch, das sei eine interessante Mischung. Heute nervt mich dieser Mensch, und ich finde, eine Krawatte bei dieser großen Hitze zu tragen, einfach lächerlich. Er liebt es, lächerlich zu sein, das würde seinem Alter die entsprechende Unernsthaftigkeit verleihen, darauf sei er aus. Er geht in die Wollzeile und verteilt an Kinder Fünf-Euro-Scheine, da könnten sie sich eine Eisspeise dafür kaufen – er sagt: »Eisspeise«, das sagt ja schon alles. Soll er, sage ich, hoffentlich nicht in Verruf kommen, er mache sich über Kinder her. Da lacht er nur. Ich bin lediglich der Überbringer einer kleinen Freude, meine Hand berührt die andere nicht, es wird nur ein Geldschein gereicht. So ist er, mein Heinrich, und ich in meinem Ruderleibchen winke ihm wie ein pensionierter Matrose aus dem Fenster nach.

Übrigens: Menü mit Suppe, Hauptgang und Nachspeise kriegt er von mir auch nicht.

Nach langem Bettaufenthalt vermeide ich den Blick in den Spiegel. Heinrich bringt mir eine Haarbürste. Graue Haare, wie ich das hasse. Ich ziehe mich provisorisch an und kaufe mir Haarfarbe »Tiefschwarz«. Lass sie dann eine halbe Stunde einwirken. Das Ergebnis ist eine Ernüchterung. Ich sehe aus wie eine alte Zigeunerin, fehlt gerade noch, dass ich Zigaretten durch die Nase rauche. Heinrich findet mich etwas kühn. Vielleicht liebe ich ihn wegen seiner smarten Äußerungen. Er ist ein Gentleman, nur nützt mir das nichts. Ich bin unruhiger geworden. Mir dauert alles zu lang. Und, eher lustig, in den letzten Jahren schiebe ich immer während des Schlafens die Bettdecke wie ein Gebirge zusammen.

147 I, Hannover, Ernst-August-Platz. – Ich wollte immer klein sein. Wegen der Stilettos. Die hätte ich dann abwechselnd tragen können. Rote, schwarze, violette, blaue, gelbe. Damit hätte ich wie ein Pony auf dem Asphalt geklappert.

Mir passen keine Brillen. Mit der Lesebrille wirke ich wie hundert Jahre alt. Außerdem engt sie mein Gesichtsfeld ein, und ich kriege Kopfweh. Hast Du schon einmal versucht, mit Brillen zu küssen? Als hätte man ein Geweih.

Am liebsten würde ich mir die Augen lasern lassen. Aber das ist teuer und kann ganz schön danebengehen. Vor allem, wenn es einen nach der OP immerzu blendet. Dann müsste ich erst recht wieder Brillen kaufen.

Was ist eigentlich aus dem Zahnarzt geworden, von dem Du mir letztes Jahr geschrieben hast? Seinetwegen haben wir gestritten. Du wolltest Dir von ihm Implantate reinschrauben lassen.

Aber nachdem Du den Zahnarzt in der Bregenzer Fußgängerzone mit einer attraktiven Blondine gesehen hattest, meintest Du, eine Krone wäre genauso gut.

148 M, Wien, Am Graben. – Wie kommst Du auf die Bregenzer Fußgängerzone? Ich war schon ewig nicht mehr im Westen.

Meine Beine sind noch ziemlich gut, wahrscheinlich das Beste an mir, schlanke Fesseln, sollte ich unbedingt betonen, indem ich hochhackige Schuhe anziehe, kann ich aber nicht, weil meine Füße schmerzen. So spaziere ich doch nicht im Westen und bleibe auf dem Bettvorleger liegen. Ich könnte ein Haustier sein. Ich bin so weit gesund. Mein Herz ist jung, die Selbsthypnose funktioniert. Ich bin ganz entspannt. Ich kann, wenn ich will, noch einen Coup landen. Eine Dichterlesung, bei der die Zuschauer die Sterne sehen.

149 I, Hannover, Ernst-August-Platz. — Du schreibst, so ein Gebirge aus Daunen und Bettfedern ist ein Glück für die Menschheit. Wenn nur alle so eins hätten, die unter der Brücke genauso wie die in Mexiko City. Glaubst Du, dass andere Leute nicht so empfinden?

Gönnst Du mir keine Daunendecke? Weil Du schreibst, so eine ist ja nicht billig.

Habe ich Dir je materielle Dinge vorgehalten? Ich würde es nicht einmal tun, wenn Du zu Hause jede Menge Goldbarren versteckt hättest. Oder einen vierundzwanzig Jahre alten Whisky aus einem mit Diamanten besetzten Glas trinken würdest.

Bis heute muss ich mich beim Einkaufen entscheiden, was wichtiger ist: Gewand, Hautcreme, Essen, Medikamente.

Obwohl ich alles benötige.

Dennoch möchte ich nicht in einer Welt leben, in der es keine Reichen mehr gibt.

Meine Daunendecke, um sie noch einmal zu erwähnen, ist ein über vierzig Jahre altes, mit Flocken gefülltes Inlett.

Ein Bekannter von mir, der nicht nur physisch hilft, sondern auch sonst eine Menge Geld an Bedürftige verteilt, hat in einer Talkshow einmal gesagt, ich kann niemandem helfen, wenn ich nicht ausgeschlafen bin, halbwegs satt und gesund.

Eigentlich müsste man schon mit einem schlechten Gewissen aufs Klo gehen. Wenn man bedenkt, dass ein großer Teil der Menschheit die Notdurft irgendwo draußen verrichten muss, weil sie weder über ein Klo verfügt noch über Wasser.

Liebe Freundin, ich muss den PC ausschalten. Wegen Gewitter. Schon verwandeln die pausenlos niederfahrenden Blitze mein Zimmerfenster in Platin. Das wird gefährlich.

Morgen fahre ich los. Ich habe bei einer Mitfahrzentrale angerufen.

150 M, Wien, Am Graben. – Was ist los mit Dir? Du packst Dein Schwert aus und verteidigst Dich. Warum? Ich greife Dich doch gar nicht an. Ich rede so vor mich hin, denke laut, wie Heinrich sagt, »denkt wieder laut die Terrorfrau, mein süßes Lieb«. Mein Vater redete oft von der Idiotie des Landlebens. Er sagte, alles sei deshalb so schlimm, weil die Leute sich weigern, nachzudenken. Dabei ist es so ein Vergnügen, wenn im Kopf die Gedanken herumspazieren. Lass mich einfach phantasieren, sei nicht so streng mit mir. Du hättest Deine wahre Freude mit Heinrich, dem Verschwender. Er sagt, nichts ist schöner, als Geld auszugeben. Geld, das man hat, und Geld, das man nicht hat. Was ist schon Geld? Wenn ich Hautcreme brauche und wenig Geld habe, esse ich nichts und kaufe die Hautcreme. Ist doch klar. Man muss für seine Schönheit leiden. Und besonders im Alter, wenn alles bröckelt und schief wird, muss man noch Würde bewahren. Meine Haare sind zurzeit wie Stroh, wenn einer ein Zündholz anreißt, gehe ich in Flammen auf. Heinrich massiert mir Öl in die Haare, er sagt, das fühle sich an, als streichle man ein Vogelnest. Er hat viel Geduld mit mir, gibt mir gute Ratschläge. Er hätte Designer werden können, liebt Stoffe. Die Art, wie er an den Stoffen reibt, um die Qualität zu prüfen, ist schon etwas komisch. Er hasst alles Billige. Billiges, sagt er, kann nicht altern. Ich werde Dir eine Daunendecke kaufen, eine Decke, die über vierzig Jahre alt ist, kann nur ein Lumpen sein.

151 I, Hannover, Ernst-August-Platz. – Liebe Freundin, was für ein Schwert? Ich mag keine Dolche. Aber ein Dolch ist kein Schwert. Oder doch?

Rede auch nur so vor mich hin. Oder heißt das: vor mich her? Wie der Wind die Schneeflocken vor sich hertreibt.

Schneien und Reden sind einander ähnlich. Wie bei Thomas Bernhard. Er fängt an, und plötzlich ist er eine Lawine.

Ich war schon immer schief.

Du schreibst, Dein Haar fühlt sich an wie ein Vogelnest. Im Mai sah ich im Vorbeifahren südlich der Alpen auf einem Feld unglaublich viele Störche. Die standen dort wie Skulpturen von Giacometti.

Jakob meinte, dass sie auf eine gute Thermik warten und dann weiter nach Norden fliegen.

Dass Du mir eine Daunendecke schenken willst, rührt mich. Leider wird daraus nichts. Weil ich davon Asthma kriege. Grad so wie von Heublumen. Als ich mit Ester hochschwanger war, wollte ich, dass sie am Geburtstag meiner Mama auf die Welt kommt. Da habe ich mich in ein Heublumenbad gelegt. Das hätte ich lieber sein lassen sollen. Meine Haut blühte wie eine Tapete. Ich bekam Fieber. Und die kleine Ester kam auf die Welt, wann es ihr passte.

Warum ist Dein Haar strohig? Ich hab meine Haare noch nie so lang getragen wie jetzt. Jakob sagt, es bringt mich zum Leuchten. Das gefällt ihm.

152 M, Wien, Am Graben. — Also, ich frage Dich jetzt, ist Jakob ein Mensch, der aus Deinen goldenen Sätzen gemacht ist, ist er ein normaler Mann, einer der onaniert – Heinrich sagt, alle Männer onanieren, ob sie nun Frauen haben oder nicht, das sei völlig normal. Hast Du gern Sex mit Jakob? Streitet er manchmal und warum? Hat er Allergien? Ist er oft krank? Kann er schwimmen? Welche Tiere hasst er? Liebt er Pflanzen? Nach der Religion frage ich absichtlich nicht.

Friert er oft? Kommt er aus dem Untergrund? Aus einer Eisenbahnerfamilie? Dies und Ähnliches würde ich gerne von Dir erfahren.

153 I, Hannover, Ernst-August-Platz. – Alle Geliebten, sonst wären sie es nicht, sind aus goldenen Sätzen gemacht. Jakob hat keine Allergien. Er mag Pflanzen, aber nur, wenn er sie bei einer schönen Gärtnerin kauft. Er schwimmt, er ist nie krank. Er onaniert. Aber er würde nie sagen, wie Heinrich, alle Männer befriedigen sich selbst, ob sie nun Frauen haben oder nicht. Jakob würde sagen, schon von Berufs wegen, hoffentlich auch alle Frauen, ob sie nun Männer haben oder nicht.

Als Ruth und Ester Teenies waren, haben sie mich, wenn ich grantig war, »Königin Fritzi« gerufen. Diesen Namen habe ich gehasst. Und war froh, wenn ihn keiner gehört hat. Heute macht mir das nichts mehr aus.

Jakob ist Wissenschaftler. Mit etwas »nichts anfangen zu können«, käme ihm nie über die Lippen. Er sagt, da hätte er seinen Beruf verfehlt.

Ich bin mit Pauschalurteilen nicht zimperlich.

Ich liebe Jakob. Er ist vornehm, und seine Haut riecht gut.

Er spielt Mandoline, Ukulele, Oud, Gitarre.

Seine Hände sind trocken. Sein Gang ist federnd.

Seine dunklen Locken sind weiß geworden.

154 M, Wien, Am Graben. – Du willst mich nicht verstehen. Ich will keinen süßen Brei, der aus dem Topf, auf den Boden, zur Küche hinaus, auf die Straße rinnt und in den dann die Menschen hineinsinken und sich ihre Schuhe verderben. Und in den Ring steigen will ich auch nicht. Ich bin keine Boxerin, ich arbeite im Oberstübchen.

155 I, Hannover, Ernst-August-Platz. – Ein süßer Brei aus dem Topf, der weiterrinnt und Schuhe verdirbt, dass ich nicht lache! Was ist das denn? Etwa kein schöner Satz? Nach hundert Jahren Schlaf, wer schläft denn überhaupt so lang, aber schon nach fünfzig Jahren Schlaf versteht man nicht einmal mehr das Wort »Theater«. Da kannst Du noch so hineinrufen in den Wald, falls es den überhaupt noch gibt, ich brauche eine Form! Ich brauche eine Form!

Und vom Boxen, liebe Freundin, verstehst Du gar nichts. Sonst wüsstest Du, dass es dabei, genau wie beim Schreiben, um trainierte Gedankenlosigkeit geht. Schon vor dreißig Jahren habe ich George Foreman bewundert.

Bestimmt kennst Du auch nicht die derzeit schnellste Boxerin der Welt. Susi Kentikian. Es gibt einen wahnsinnigen Film über sie.

Außer Eiskunstlaufen, das ich nie anschaue, mag ich jeden Sport.

Es ist Juli, nie warm, und ich weiß nicht, was ich für die Reise mitnehmen soll.

Ich hasse Gepäck. Am liebsten wäre ich ein Känguru.

156 M, Wien, Am Graben. – Deine Ideen! Was ist die Mitfahrerzentrale? Gibt es die auch für angehende Greisinnen? Ich dachte immer, die benützen nur Leute unter zwanzig. Arme Greisinnen bleiben zu Hause. Ich könnte Dich besuchen. Lassen wir Pestsäule Pestsäule sein. Einen Kontrollbesuch abstatten sozusagen. Wie Du lebst. Wie Du aussiehst. Wir sollten unsere Freundschaft auffrischen. Angehende Greisinnen erinnern sich an die guten Zeiten. Weißt Du noch, als Du Kartoffeln aus dem Keller geholt und sie dann mit dem Messer geschält hast? Ich dachte mir, warum verwendet die dünne Hausfrau keinen Kartoffelschäler? Dein Mann von damals dachte, ich sei verdorben, weil ich, obwohl verheiratet, einen Liebhaber hatte. Hattest Du keine Liebhaber? Einmal nähte ich Dir schwarze Hosen enger, ich nähte sie so eng, dass sie Dir nicht mehr passten. Du warst in einen alten Professor verliebt, er hieß so ähnlich wie Blaubart, ein scheuer Mensch. Er hat mir einmal gesagt, dass er sich vor Dir fürchtet, weil Du ihm auflauerst. Ist das wahr? Verträgst Du die Wahrheit? Ich bete jeden Tag, dass ich ein guter Mensch sein will. Lach nicht darüber. Es ist mir ernst. Ich möchte Dich verstehen. Du verunsicherst mich durch Deine Bosheiten.

157 I, Hannover, Ernst-August-Platz. – Angegriffen fühlt sich jede von uns. Ständig. Schreibst von einer Krise.
Plusterst Dich auf wie eine Henne und gackerst über die Kunst des Körnerfressens. Arbeite einfach!
Ich war immer in alte Männer verliebt. Mit neun in den Omnibuschauffeur. Mit sechzehn in einen Chemiker aus Holland, der über fünfzig Jahre alt war, mir dauernd Briefe nach Dornbirn geschickt und sie wie ein Sektierer adressiert hat. INRI KAPELLE stand dort. Gott sei Dank haben meine Eltern diese Briefe nie gelesen.
Eines Tages hat er mir geschrieben, dass Österreich auf der Landkarte wie ein erigierter Penis aussieht und ich würde ganz vorne wohnen. Da war es aus mit meiner Liebe.
Aufgelauert habe ich nie jemandem. Weder einer Frau noch einem Mann. Aber erinnerst Du Dich noch an die Beerdigung des Professors? Wir beide waren da. Hatten Lilien in der Hand. Ich trug damals das Haar extrem kurz. Eine alte Dame, die Dich kannte, begrüßte Dich. Sah zu mir herüber und fragte Dich, ob ich Dein Sohn bin. Daran erinnerst Du Dich bestimmt. Weil Du so wütend warst. Und ich habe im Bus nach Höchst dauernd gelacht.

158 M, Wien, Am Graben. – Was erfindest Du für Zeug, glaubst Du wirklich, Du hast wie mein Sohn ausgesehen? Doch eher wie ein KZ-Häftling, mit Deinen überschminkten Augen und dem kahlgeschorenen Schädel. Von Lilien weiß ich auch nichts. Wieso hätte ich dem Professor Lilien bringen sollen? Du hast eben einen Vaterkomplex, so einfach ist das, denkst Dir, ein Alter bleibt bei mir, ein Junger findet eine Neue. Aber jetzt, so scheint es, hast Du ja die große Karte gezogen.

Heinrich ist nicht wirklich ein alter Mann, weil er so jung ist, wenn er denkt und handelt. Ich dagegen fühle mich zur Zeit greisig und traurig. Eine gute Freundin von mir, zwanzig Jahre älter, hat sich den Oberschenkel gebrochen, sie muss jetzt in ein Heim, das tut mir leid, sie ist glasklar im Kopf und wird es unter den vielen Alten nicht aushalten. So weit will ich es bei mir gar nicht kommen lassen. Wenn Du glaubst, Du kannst mir eins auswischen, liegst Du falsch, erfundene Gemeinheiten gehen mir am Arsch vorbei.

159 I, Hannover, Ernst-August-Platz. – Ja, ja! Was Dir nicht passt, erklärst Du kurzerhand für erfunden. So einfach ist das für Dich.

Wirfst Dein Haar, oder vielmehr den verbliebenen Rest davon, zurück, wie Du es früher immer getan hast, vor allem, wenn ein interessanter Mann in Deiner Nähe war.

Wie oft kam es vor, wenn wir im Zug von Bregenz nach Wien waren und das Objekt Deiner Begierde sich ausgerechnet dorthin gesetzt hatte, wo es für Dich unvorteilhaft war, dass Du mich gebeten hast, mit Dir den Platz zu tauschen. Weil Du angeblich nicht gegen die Fahrtrichtung fahren konntest. Natürlich habe ich Dein Spiel durchschaut und trotzdem mitgemacht.

Du sagst, Du willst mir einen Kontrollbesuch abstatten, um unsere Freundschaft aufzufrischen. Ich brauche da nichts aufzufrischen. Du bist meine Freundin.

Auch wenn Du ein großes Lästermaul hast. Na ja, manchmal. Auf Deinen Besuch freue ich mich. Vorausgesetzt, Du kommst nicht als Kontrolleurin.

Mir ist egal, wie Du aussiehst. Hauptsache, Du bist nicht so schlecht beisammen, dass ich Songs von damals spielen muss, damit Du mich erkennst.

160 M, Wien, Am Graben. – Ich hätte auf Heinrich hören sollen. Es wurde alles zur Katastrophe. Höre: Weil ich so anfällig auf Zuneigung reagiere und doch eine gewisse in Deiner letzten Mail enthalten war, habe ich mich sogleich in den Zug gesetzt, bin nach Hannover gefahren und dann mit der Stadtbahn weiter. Ich wollte Dich überraschen. Habe meine detektivischen Fähigkeiten ausgepackt, bin zur Gemeinde und habe nach Dir gefragt. Ja, Du bist dort gemeldet. Du wohnst in einem Haus, im zweiten Stock, bist alleinstehend und lebst von der Sozialfürsorge. Ich war so irritiert, weil die Frage nach Deinem Mann (den es anscheinend nicht gibt) mit einem klaren Nein beantwortet wurde, dass ich mich in den nächsten Zug gesetzt habe und wieder nach Wien gefahren bin. Ich bin noch in die Gärtnerei und habe Lilien gekauft (im Andenken an früher), die sollten sie Dir zustellen. Jetzt massiert mir Heinrich die Füße, nachdem er mir vorher ein Fußbad mit Pferdewasser gemacht hat. Wieso bin ich nur gleich wieder abgereist? Ich habe ein schlechtes Gewissen. Magst Du nicht einfach zu uns nach Wien kommen und bei uns wohnen? Heinrich würde sich um ein Zimmer kümmern. Ich schicke Dir die Fahrkarte, liebe Kinderfreundin, verzeih mir alles Böse.

.